\ 倒數計時！/
學科男孩③

依然麻煩滿天飛的友情！

一之瀨三葉・著
榎能登・繪
王榆琮・譯

時報出版

目錄

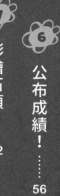

國語 數學 夢 明日

人物介紹

姓名　花丸圓

小學 5 年級。雖然努力唸書，
但成績一直很難提昇。

姓名　數學計

小學 5 年級男孩。誕生自數學課本，
言行有一點粗魯。

姓名　國語詞

小學 5 年級男孩。誕生自國語課本，
個性體貼又可靠。

姓名　自然理

小學 5 年級男孩。誕生自自然課本，
非常喜歡動物和植物。

姓名　社會歷

小學 5 年級男孩。
誕生自社會課本，
很懂歷史和地理的知識。

姓名　成島優

花丸圓的好朋友。在班上擔任班長，
考試總是能考滿分的資優生。

1 戶外教學，GO！

「大家路上小心喔。」

「好～我們出發了喔～！」

對著奶奶微笑揮手道別的人是我，**花丸圓**。現在，正準備出門。

天氣涼爽的十一月。

雖然氣溫已經漸漸變冷，但依然是空氣很清新的舒服季節。

晴朗的天空下，早晨舒適的涼風吹著我的頭髮。

「今天，就要出發去戶外教學了～！」

我掩飾不了心中興奮的心情，前往學校的路上，開心地聊著戶外教學的事。

戶外教學是我繼運動會後，另一個非常期待的重要活動！

因為我們要到山上的住宿地點，進行三天兩夜的活動。

我們百天小學的外宿活動，就只有五年級的戶外教學，與六年級的畢業旅行。

所以，戶外教學對我而言，是第一個學校安排在外過夜的活動。

「啊～真令人期待呀！」

「就是說呀！我也好期待喔！」

跟我一樣高興的人，就是小理。

「沒想到可以在山裡待三天兩夜，簡直跟作夢一樣呢！」

「因為小理很喜歡大自然嘛！」

「嗯！如果能看到稀奇的植物跟動物就更棒了！」

小理才剛笑著說完，小歷馬上跟著說：「我也是！」

「小圓能理解我為什麼這麼期待這一天嗎？因為啊，這是我『第一次和小圓在外過夜』的日子喔～！」

小歷又開這種玩笑了。

小歷說完，小詞一臉拿他沒轍地苦笑說道：

「小歷的言語表達方式，是不是有點不對勁？這樣很容易讓別人誤會喔。」

「有什麼關係嘛，別在意這種小細節。而且小詞從昨天開始，不也是開心得不得了嗎？」

「當然囉。自古以來，許多詩歌都是詠唱大自然的美好，所以這也是仔細品味文學世界的好機會。到時看了『風光明媚』的景色，想必更讓我滿心歡喜。」

「風光？」

「『風光明媚』這個成語，是形容大自然呈現出清澈美麗的好景色。」

經過小詞的解釋，我「喔～」地點頭表示瞭解，但在一旁的小計卻是「呼哈……」地打起一個大哈欠。

小計這個人，真是的。

雖然今天的確比平常還早一個小時起床，就連我現在也是很想睡……

但是，今天可是要去戶外教學耶!?

怎麼可以不表現得快樂一點呢？

「啊～～～我現在真的好開心喔！」

四個「學科男孩」來到我家，已經大約兩個月了。

而我也已經習慣像今天早上這樣，跟大家一起熱熱鬧鬧地上學。

對了，所謂的「學科男孩」，是從我的國語、數學、社會、自然課本中誕生的四名男孩。

穿白色衣服的小個子男孩是**自然理**。
高個子又很輕浮的男孩是**社會歷**。
舉止穩重又冷靜的男孩是**國語詞**。
還有，現在一臉想睡覺的那個是**數學計**。
雖然他們怎麼看都像是和我年紀相同的普通男孩。
但其實，除了是「從課本中誕生」之外，他們還有一個天大的祕密……

「小圓要怎麼期待都可以……但是妳昨天是不是沒寫完我準備的數學考卷，就直接跑去睡了？」

「咦？」

小計忽然這麼一說，我心頭忽然一驚。
昨天晚餐後，小計給了我數學考卷。
這麼說來，我好像因為心裡一直想著「準備好行李就來寫考卷」，然後就這樣隨手把考卷放在桌上了……

慘了！完全忘記這件事了。

「因為覺得既然要去戶外教學，那出門這幾天就不用課後加強了，我們不是說好要在出發前，就把這兩天的考卷寫完嗎？」

「這，這這這，是因為……」

「戶外教學結束後，就是數學小考了！本來妳的複習進度，是一天都不能停止的。但是因為時間跟戶外教學撞期，所以才調整成現在這樣……！」

「我……我真的有想過好好寫完考卷！只是準備行李也花了我不少時間……」

「我不想再聽妳解釋了！」

小計的額頭冒出青筋，瞪大雙眼看著我。

「我已經把妳昨天沒寫的考卷全都帶出來了！反正不管妳是不是在戶外教學，就是要把這些考卷，全部都寫完！」

說完這句話後，小計接著拿出一疊考卷。

考卷的厚度令人無法想像，光看一眼，我的頭皮就開始發麻。

「真……真的有這麼多嗎？我記得應該比這些更少吧……？」

「多加的是要懲罰妳昨天沒寫。妳得在這次旅途中全寫完。」

「咦～！」

「不許有任何怨言！」

小計氣呼呼地說。

我嚇得縮著脖子，連忙收下那一疊考卷。

「聽好了。我可不想讓這次的戶外教學，變成我臨死前最後一次旅行。」

「我……我知道了啦……」

一聽到小計這麼說，我的心緊了一下。

『**臨死前最後一次旅行。**』

這句話帶來的沉重感，逐漸在我的心中擴大開來。

這些學科男孩們有個天大的「祕密」。

那就是——他們有**「壽命」**。

而且他們的壽命還是由「我的考試分數來決定」。

我原本就不太擅長唸書，考試成績常常不及格，所以這些男孩的壽命一開始只有短短的十五天。特別是成績最差的數學，也就是身為數學課本的小計，在當時，居然只剩下七天的壽命。

（也就是說，在這之前我剛考完的數學成績，滿分一百分卻只考了**七分**……）。

如果我不好好唸書，他們就會全部消失。

也因此，他們決定以家教的身分跟我一起生活，並按照各自所代表的學科教我唸書。

（經過一番努力後，現在大家總算平安無事了……但是之後要是我一不小心又考壞了，他們說不定又會立刻陷入消失的危機吧……）

想到這裡，原本的愉快心情就像氣球般馬上又消氣了。

學科男孩們是因為過世的媽媽在擔心我的情況下，與課本的靈魂產生共鳴而誕生出來的。

已經離開了的媽媽，依然跟我緊緊相繫著，

大家就跟媽媽一樣真心地為我著想。

他們對我來說……已經像是家人般的存在了。

也因為這個想法，我決心要「努力克服一直都不擅長的課業」……

（但是，我的程度果然還是很差呀。起碼要自動自發好好做到不會被小計釘得滿頭包才行……）

就在我低頭反省的同時，

咻。

我的肩膀上突然有種異物感。

「……哇!?」

不經意地回頭一看，被嚇了一跳。

原來我的肩膀上有一隻綠色的變色龍。

「呵呵。小龍說：『圓圓要打起精神喔！』。」

小理對我露出天真無邪的笑容。

小理說的小龍，就是一直陪在他身邊的變色龍。

雖然我一開始很怕小龍，不過自從摸過幾次以後，就逐漸感受到小龍的可愛，現在已經跟小龍變成好朋友了。

「小龍，謝謝你，我已經打起精神了喔！」

我用手指摸摸小龍的頭，自己也呵呵笑著。

「小計就點到為止嘛。我們的壽命問題現在也沒有大礙了。戶外教學就放心去玩吧。」

「就是嘛。碰到任何事情都要懂得隨機應變，隨時切換唸書和玩樂的狀態才重要。」

小歷和小詞各自發表自己的意見。

小計聽了他們的話後，本來就很嚴肅的臉又皺起眉頭……

接著，嘆了一口氣。

「……我知道了。當作罰寫的追加練習就免了。不過，昨天本來就該寫完的功課還是要全部寫完啦。」

「太好了！謝謝你！」

把小計遞過來的考卷還回去後，手上的考卷只剩下兩張。

照這麼看來，應該能在一小時寫完了！

（好！『今日不如吉日』！就在車上把考卷全部寫完吧！）

我一邊開心地哼著歌，一邊把考卷折好收進口袋裡。

這裡應該不能說「今日不如吉日」，而是要用「擇日不如撞日」，意思是指「想開始進行某件事情時，最好的行動時機，就是在當天」喔。

2 遊覽車與數學考卷

在校園進行的行前說明結束後，百天小學的所有五年級學生就以班級為單位，各自搭上遊覽車準備出發。

我是五年二班裡的第二組。

最讓我高興的就是，我最好的朋友、**成島優**跟我同一個小組！

而且在遊覽車上，還是坐在我的隔壁。

「小圓早安，昨天睡得好嗎？」

「嗯，我睡得很好喔！小優呢？」

「我心裡一直都很興奮，在家裡沒有睡好。大概跟學校的同學一起旅行，讓我有種很特別的感覺吧。」

小優害羞也有些不自在地說道。

身為超級堅強可靠的班長而且非常完美的小優，害羞起來的樣子也意外地挺可愛的嘛。

「等等我們來交換零食吧！小優今天帶了什麼呢？」

「我……帶了兩包披薩口味的脆餅，還有披薩口味的點心棒、披薩口味的起司和……」

「哈哈哈！小優還是一樣愛吃披薩呢！」

「呵呵，因為我媽媽討厭吃披薩，所以我也很少吃披薩。不過這次啊，我一定要好好吃個痛快喔。」

就這樣，我跟小優開心地聊了起來。

「……!?」

忽然間，我感到後方傳來一陣讓我極度不舒服的視線。

「……」

一回頭，馬上就看見雙臂環、抱緊瞪著我的小計。

那雙直盯著我的眼神，就像刀子一樣銳利。

看到他那像是想說些什麼的表情後，我立刻想起重要的事。

（……對、對喔。我得趕快把考卷寫完才行！）

雖然難得有機會跟小優盡情聊天，但照這樣子看來，在我把考卷寫完之前，小計應該都會這樣緊迫盯人吧……

（好……趕快來寫吧！）

我重新整理心情，將折起來的考卷從口袋中拿出來打開。

「小圓，這是什麼？」

「喔，這是旅行中要完成的功課。

我先努力寫完，可以先等我一下嗎？。寫完後，我們再來盡情聊天吧！」

看著開始準備鉛筆和墊板的我，一旁的小優「哇！」地一聲，她的雙眼正閃閃發亮。

「利用搭車空檔唸書，小圓真的好棒喔！我也要好好向妳看齊！」

「咦？看齊？」

難道小優也有帶唸書用的文具？

我一臉不可置信地看著小優，而小優則是一邊哼著歌一邊在包包裡翻找。

接著，就看到小優拿出一本書。

是一本看起來非常厚的書，而且也看起來超級重的。

「小……小優，妳把這個帶在身上!?」

「是啊。我睡前如果沒有看一點書，就會覺得渾身不自在。所以今天晚上，我也會讀這本書喔。」

小優笑著打開書。

稍微從旁邊偷瞄一下，發現這本書的左右兩頁都寫著密密麻麻的小字。

（嗚……只是看一眼，我就頭昏眼花了……）

我按著自己的太陽穴，把視線轉回自己的考卷上。

趕快把這些寫完，然後來吃點心吧！

（嗯……哇……居然是比例的計算題。我最不會這個了……）

其中一張考卷有五道題目。

雖然題目數量不多，但都是有點囉唆的應用題。

很討厭耶。害我想努力用功的心情突然快消失了……

嘆了口氣後，我的肩膀有氣無力地垂了下來。

盯！

我又感受到小計的視線……！

（知……知道了啦！我會在車上把這些寫完啦！）

好！我再次把力氣集中在雙手。

專心拿好鉛筆，正式開始寫起題目。

3 抵達住宿地！

搖搖晃晃，在一路緩緩行進的遊覽車上。

車窗外的景色，就在車上大家熱鬧的聊天聲中掠過。

從熟悉的城鎮，到沒見過的城鎮。

而我和考卷（還有睡意）之間的戰鬥，也瞬間而逝……

——大約兩小時後。

我們搭的遊覽車抵達目的地。

往紅黃相間的木叢裡看過去，可以看到一幢有藍色屋頂的建築物，那裡就是我們今天開始要度過兩晚的住宿地點。

這是一幢兩樓層的水泥建築，看起來就像是一間小型學校。

「請大家移動到前面的廣場後，以小組為單位排成六列隊形喔～」

五年二班的每位同學都按照老師的指示，開始一個個下車。

而我在隊伍的最後面，腳步不穩地被小優扶著走下車。

「**噁嗚。好難過……**」

「小圓，妳還好吧？那邊有長椅，我們先過去坐下吧。」

小優一臉擔心地輕拍著我的背。

我一邊小聲地說「謝謝……」，一邊搖搖晃晃地坐到長椅上。

「噁……對不起，小優……」

「別擔心，我有準備嘔吐袋！給妳！」

小優將嘔吐袋遞了過來，並且用力地點頭。

「嗚……嗚……」

雖然我很感謝小優的心意……

但越是看到這個袋子，好像越讓我想到嘔吐這件事……

（嗚……）

想吐的感覺湧上來，逼得我兩眼緊閉。

嗚……快樂的戶外教學竟然以這種糟糕的形式展開，真慘。

「呼……」

我被小優攙扶著，然後低著頭用手輕撫自己的胸口。

「沒……沒事吧……？」

旁邊傳來慌張的輕聲詢問。

一抬頭，看到小計一臉擔心地看著我。

因為就連開口回應都覺得痛苦，所以我只能無言地把寫完的考卷遞給小計。

「……」

小計一臉惶恐地急忙靠過來接走考卷。

「數學同學，我去找老師過來。小圓能麻煩你照顧嗎？」

「咦？呃……好……」

小計點完頭後，小優便立刻往廣場的方向跑了過去。

（嗚……不舒服的感覺一直沒有好轉……）

我又再次彎下腰，這次連臉也朝著地面。

如果老師過來的話，我大概會被帶到護理師阿姨那邊吧。

難得的戶外教學，我絕對不要從一開始就和大家分開行動。

拜託，身體趕快好起來吧……！

「圓圓沒事吧？」

突然間，從小計的方向傳來另一個聲音。

「這個，給妳喝。」

抬頭一看，原來有個人拿著裝著麥茶的水壺蓋。

將麥茶遞給我的人是小理，他現在正對著無法回話的我微笑。

「緩解暈車最好的方法，就是不要看會讓心情變糟的地方，並且慢慢深呼吸。身體呼吸到新鮮空氣後，再喝些冷飲就能恢復好心情。還有不要低著頭看地上，看看遠方的風景會更好喔。」

聽完小理的話，我緩慢地接過杯蓋，放到嘴邊。

（哇……好好喝！）

只是啜飲一口冰冷的麥茶，馬上就感覺到味道從嘴裡擴散開來。

接著喝第二口，再把麥茶吞下去，我的呼吸也跟著變得更順暢了。

現在我覺得周遭的空氣和遊覽車裡不同，真是涼爽又乾淨呀。

隨著我抬起頭慢慢深呼吸，胸口的難受鬱悶感也漸漸緩和下來。

「我們搭乘交通工具時，身體不是會處於不規則的晃動中嗎？這時候『自律神經系統』在控制身體呼吸、消化、血液循環的功能就會產生混亂，所以才會讓人出現想嘔吐的感覺。此外，睡眠不足、車內空氣循環狀況等等……還有身體搖晃的時候讀書、玩電玩，一直盯著同一個地方，也會成為暈車的原因喔。」

聽完小理的話後，**「哇！」**我不由得地出聲感嘆。

這麼說的話……我暈車的原因難道是因為在遊覽車上寫考卷!?

「妳是不是發現暈車原因了？」

被這麼一問後，我有些猶豫自己是不是應該講出來。

我偷偷往旁邊瞄了一眼，發現小計一臉愧疚地低著頭。

「這……」

「喂！」

這時，我看到小歷、小詞從另一邊跑過來。

他們兩人跑過來的模樣，看起來很慌張。

「小圓，聽說妳暈車了？」

「應該不要緊吧？」

「謝謝……我現在沒事了。」

我一邊道謝，一邊抬頭將視線往上看。

真是好大一片寬廣自然的天空啊。

深呼吸後，感覺身體又變得舒服了些。

「好神奇喔，只是這樣慢慢呼吸，就能漸漸緩解不舒服。這就是人家說的大自然的神奇力量嗎？」

我隨口這麼一說後，小理的雙眼立刻變得閃耀了起來。

「真的嗎？圓圓也有這種感覺嗎!?」

「咦？嗯……嗯……」

「對啊！就是說嘛！我也認為大自然有種科學無法說明的神奇力量！擁抱自然確實能讓人恢復健康，但這不只是用呼吸到光合作用所產生的新鮮氧氣，就能當作解答的！」

在興奮激動的情緒下，小理連珠砲般地發表意見。

看到小理這個模樣，小歷和小詞也跟著笑了。

「現在要是放著小理不管，說不定他會從此住在山上呢～」

「雖然我也很喜歡大自然，但實在比不上小理對大自然的熱愛。」

「我就是喜歡呀！就算沒有機會跟同學們一起來這裡，我也早就想自己去山上住個幾天了！對吧？」小龍說。

小理撫摸著變色龍小龍，並且露出天真無邪的笑容。

小理一臉開心的模樣，不斷說著「到山上想要做什麼」「到山上想要看些什麼」。他真的很喜歡大自然呢。

上次我跟小理兩個人一起去家裡附近的後山野餐，他也是像現在一樣開心。

「啊，對了。小圓知道嗎？」

忽然間，小歷像是想起什麼似地對我說：

「所謂的戶外教學啊，本來不是像現在這樣，讓全班一起參加的喔。」

「咦，是這樣嗎？」

我驚訝地回應道。

「那原本是讓誰去的呢？」

「原本這是給體弱多病的學生參加的喔。這是源自於十九世紀的歐洲，目的是要這些學生在暑假或假日，透過接觸大自然的方式，讓身體變得更健康。日本則是從明治時代開始，比照這個方法。至於像現代這樣『全班參與的戶外教學活動』，大約是從六十年前的昭和時代演變而來。」

「哇～是這樣啊！」

原來戶外教學有這麼一段歷史啊，我以前都不知道。

看來真的就像小理說的那樣，大自然擁有可以讓人恢復健康的神奇力量。

接著，我又再次深呼吸。

嗯，呼吸新鮮空氣真舒服！

在跟大家一起聊天後，身體也已經舒服多了！

「嗯！我覺得自己差不多沒事了！」

我從長椅上站起來時，一直在旁邊沉默不語的小計忽然慌張地開口說話：

「那……那個……小圓……」

「喂！花丸！妳身體沒問題吧！」

這時，另一邊傳來了一陣詢問聲，音量大到足以蓋過小計的聲音。

朝聲音方向看過去，原來是我們的班導——川熊老師從廣場的方向跑過來了。

老師的表情看起來一臉擔心的樣子，所以我輕輕揮揮手，跟老師表示「我沒事了」。

「我剛才休息了一下，不舒服的感覺已經緩和了。所以已經沒問題了！」

「喔喔，這樣啊，真的太好了！成島，麻煩妳先照顧一下花丸。如果還有什麼事的話，要馬上告訴我或其他在附近的老師喔。」

「好的，我知道了。小圓，我們一起慢慢走過去吧。」

小優溫柔地撐著我的肩膀。

我點點頭，慢慢地跨步走出去。

「好啦，那邊幾個還有體力的男孩就用跑的到廣場吧！」

於是，男孩們在老師的催促下，往集合地點跑過去。

「……啊，小計！」

我突然叫住小計。

「你剛剛是不是要說什麼？」

我問的問題，讓小計停下了腳步。

但他只是一臉複雜地站著，默默盯著我看……

「……沒有，沒事。」

小計小聲說，接著又往廣場跑去了。

4 大自然問答班級對抗賽！

搖抵達目的地的集合結束後，我把必備物品裝進背包，就移動到附近的河邊了。

托大家的福，我花丸圓，終於脫離暈車的苦海！

接下來，我們戶外教學第一天的重要活動，**「大自然問答班級對抗賽」**也要正式開始了！

「大自然問答班級對抗賽」是班際對抗活動，是要比賽大家在關卡裡正確回答問題後所獲得的分數。

每個關卡都有老師當關主，我們必須想辦法回答出正確答案，才可以前往下一個關卡。接著，通過所有關卡，就會到達終點！

規則是最後取得正確答案的數量越多以及越快到達終點的，就是優勝班級。

而且獲勝班級也會有獎品喔！

「我們一定要獲勝！」

身為班長的小優，用宏亮的聲音這麼說。

小優這個人一提到比賽，就會充滿鬥志。

「最重要的是組員們都要團結起來喔。請大家各自在擅長的領域中，同心協力提出自己的意見……」

「哎呀，不用這麼麻煩啦！我們這組有成島跟數學，根本穩贏的吧！」

「有他們在，我們就輕鬆啦～！」

這兩個像是故意大聲說給小優聽的男孩，就是跟我同一組的二人組合。

我們班這個得意忘形二人組，在班上也被稱

為「松武二人組」。

皮膚黝黑而且頭髮刺刺的人名叫**松倉拳**。

另一個眼角下垂的高個子則是叫**武智大河**。

他們雖然在班上是專門炒熱氣氛的開心果，但太過高調的言行也常常讓大家感到很困擾。

「啊，當然不用期待笨丸能成為戰力囉。」

「拜託妳乖乖待著，什麼都別做就好。可別扯後腿喔，笨丸！哈哈哈！」

「可惡……我才不想被你們這種人評論呢！」

我氣呼呼地轉過頭不理他們。

「笨丸不圓」的外號就是他們取的。

我的考試成績確實常常不及格……但一般來說不會有人拿別人的分數開玩笑吧？

而且他們自己也沒有考過什麼好成績，跟我是「半雞八兩」啊。

啊～真討厭！越想越火大！

「哼！小優，我們走！」

我抓著小優的手，氣呼呼地跨步走掉。

「嗯，『請在以下河川中游的彎曲處，選出比較容易出現小石頭堆積的地點。』請從（A）（B）（C）三個地點選出正確答案……？」

我一邊歪著頭，一邊唸出卡片上的題目。

這是我們在第二關抽到的卡片。

雖然我覺得這個題目好像有點難，可是這張卡片寫著「★2」，難度應該算是「普通」程度吧……？

「嗯，比較容易出現小石頭堆積的地點啊……」

題目下方有張河川圖，上面畫著有點彎彎扭扭的曲線。

曲線彎曲的內側是（A），曲線外側比較上面是（B），外側比較下面的是（C）。

（嗯～石頭滾動的話，那應該是下方比上方還要更容易堆積石頭吧……？）

所以答案應該是（C）嗎？

但其實我對這個答案挺沒自信的……

當我陷入沉思時，走在我身邊的小優輕輕點了點頭。

「這個題目很簡單，上學期的自然課有學過。」

「咦，有這回事？」

聽了小優的話後，我趕緊搜索腦中的記憶。

嗯～～～嗚……

我感覺自己可能有學過……吧……

「哈哈哈！看吧！笨丸果然派不上用場！」

就在我拚命認真思考時，身後傳來吵鬧的聲音。

「對啊對啊！笨丸還是去盯著真正的河流發呆吧！」

討厭！又是松武二人組！

「你們吵死了！我現在正在思考，不要妨礙我！」

「想也沒有用！對吧，數學？」

阿松一邊激怒我，一邊勾著小計的肩膀。

這時，小計一臉煩躁地把他的手從自己的肩膀上撥掉。

「松倉，不然你已經知道答案了嗎？」

「咦？這個嘛～反正就是……」

阿松說不出話來。

這時，旁邊的阿武一臉不滿地馬上插話。

「哼，不好意思喔！我們的腦袋就是沒有比你們兩個好啦！」

「不對。你們會忘記以前學過的知識，只是因為沒有好好複習而已。只要反覆複習就能將知識化作記憶。這跟頭腦好不好沒關係。」

小計很直接地說出意見，阿武聽了反而更加不滿。

他氣呼呼地瞪了小計一眼後，接著說：「走了啦。」就跟阿松兩人轉身離開。

（哇……現場氣氛變得很不妙耶……）

我擔心他們會吵起來，同時也跟小優互看了一眼。

「小優，他們這樣沒問題嗎……？」

「那兩個人的優點就是，遇到不順心的事後，只要抱怨個幾分鐘，心情自然就會恢復了。別放在心上，我們還是繼續往下一關走吧。」

一臉見怪不怪的小優都這麼說了，我也只能跟著點了點頭。

松武二人組的確常常故意惹我生氣……但是小計剛剛的反應反而讓我很在意。

這麼說來，小計在班上好像還沒有什麼要好的朋友吧？

雖然他從轉學過來後，已經經過了兩個月的時間。但除了跟另外三個學科男孩一起行動以外，我幾乎沒看過他和其他同學在一起。

在女同學之間，也常聽到她們拚命稱讚「小計酷酷的，好帥喔」「真是好有神祕感的獨行俠喔」……但這些稱讚也讓我有些介意。

（不過，這可能也不是我該擔心的事情啦……）

松武二人組離開後，小計也往同個方向獨自離去。看著小計的背影，我只能輕聲地嘆氣。

卡片上的題目，答案是（A）！因為曲線內側的河流流速比外側還要緩慢，因此會造成河流中的土石堆積。這種現象被稱為「沉積作用」。

5 將岩石一分為二？

走了大約十分鐘，我們就走到了下一關。

小優身為小組組長，代表大家抽出一張題目卡。

「啊，是★3的題目呢。這張卡上面有很難的題目，是一張特殊卡喔。」

聽到老師這麼說後，小優開心地大喊：「太好了！」

「★3就表示能得到三分，對吧？要是答對了，就等於中大獎了！」

「好棒喔！小優，也讓我看看！」

我開心又期待地看著小優手上的卡片。

「呃……『請觀察此處的河灘，你會發現有一塊被一分為二的大岩石。這個景象的成因除了「地震及落石的衝擊」和「雷擊」以外，還有另一個因素。請問是什麼？』」

小優按照指示往河灘的方向看去，看到寬度像是雙手張開般大小的岩石。

而且這塊大岩石從正中央被很漂亮地切成兩半。

「哇，好厲害喔！岩石真的被分成兩半了！」

但是，這又是怎麼做到的呢？

是不是某種動物做的啊……？

「這我知道！應該是某個力氣超大的傢伙用空手道手刀劈開的吧？」

「超強！那不就是超壯的大金剛!?好想拍下來喔！」

松武二人組在一旁大聲嬉鬧。

真的如小優所說的，兩個人的心情看起來已經恢復了。

「啊，你看這邊。下面有提示。『**提示：是我們身邊意想不到的自然之力**』……能把岩石切成兩半的自然之力，除了打雷和地震還會有什麼呢？」

「這問題還真難啊……」

小優跟小計兩人現在正在思考，而且他們都用自己的手抵著下巴。

我也一樣在想辦法解開題目，拚命地不斷運轉著大腦。

至於松武二人組卻站得很遠，看起來並不打算一起解題的他們，只是一臉悠閒地在附近晃來晃去。

「喂喂！要不要去看看那個岩石啊？」

「不錯喔！那邊剛好有樓梯可以下去！」

他們兩個人又在隨便胡鬧，開始想穿越柵欄從旁邊的小樓梯下到河灘。

「等等，你們快停下來。規則有說我們只能在登山步道行動喔。」

小優急忙阻止他們。

但他們兩個人完全沒當一回事，繼續笑鬧著。

「靠河邊近一點會更有冒險感吧？那塊岩石看起來也超硬的！說不定我們還會找到抵達終點的捷徑喔！」

「妳們不用跟來也沒差啦。我們就到終點那邊等妳們囉。」

「別亂跑！之前老師說過這個活動是要整個小組同心協力……」

「乖乖遵守規則也太無聊了吧。對了，數學也一起來嘛！乾脆分成女孩組跟男孩組來行動吧！」

阿松對小計這麼說。

「我才不要去。」

小計立刻回答道。

「按照事前設計好的比賽流程來解答，一步步過關才是最有效率的作法。我不認為你們擅自走下河灘，另外找其他路線到終點會比較好。」

小計冷冷地看著他們兩個人。

松武二人組聽完就開始抱怨。

「幹嘛啦，你這個人很無趣耶。很愛潑冷水耶。」

「你就是這樣，所以只有笨丸才會理你。」

什麼。

關我什麼事啊！幹嘛順口在我面前說我的壞話！

正想要上前跟他們理論時，小計低沉地喊了一聲「喂」。

「這不是潑不潑冷水的問題，而是我們這一組想要在這個活動裡獲勝的問題吧？與其對這件事有意見，還不如快點給我提出你們的高見吧。」

「高箭？那是什麼意思？什麼箭？」

「意思就是『高明的見解』。也就是說即使終點只有一個，但在這一關的問題中，能讓我們獲得解答的線索不是只有一個。在數學的領域上，預想其他解答的觀念是很重要的……」

「啊～！數學就是這樣，老是一副自以為了不起的樣子！」

阿松對小計說的話，表示不耐煩。

這時，阿武也跟著附和說：「就是嘛。」

「明明跟我們相同年紀，說話的口氣還這麼大。你以為你是誰啊！」

聽了他們兩個人的話，小計的表情也開始變得不太高興。

「什麼？我的口氣哪有很大!?」

「不管怎麼看，你的口氣就是很大！」

「會唸書很了不起嗎？書呆子！」

這三個人說話變得越來越火爆。

見到這種情況，我和小優阻止他們繼續吵下去。

「唉！你們別吵了！」

「對啊！大家先保持冷靜，控制一下情緒！」

經過我們強行介入後，他們三個人總算冷靜了下來。

但現場的氣氛還是很緊張，他們要是再吵起來也不奇怪。

（可惡的松武二人組～都是他們愛惹事生非！）

我緊閉著嘴巴，瞪著他們兩個。

要不是小計先跟他們吵架，大概會變成是我跟他們吵起來吧。

難得的戶外教學，我希望大家可以開心度過……

「啊，是圓圓～！」

忽然，另一邊傳來了悠哉的聲音。

往聲音的方向看去，發現原來是小理跑了過來。

「小計跟優優也在啊。一起到山上戶外教學，大家開不開心呀？」

小理笑瞇瞇的模樣，就像是天真無邪的小朋友。

但在場所有人只能用一臉無趣的表情看著小理。

「河灘挺好玩的耶！上游還會有大塊岩石咕咚咕咚地滾動唷！……啊，你們看！那裡有塊大岩石被分成兩半了耶！」

小理所指的那塊岩石正是卡片題目中所說的岩石。

「那種斷裂方式是岩石掉落下來嗎……又或許是**水**搞的鬼吧！」

「咦？水？」

小理意外的發言，讓我忍不住如此回應。

這時，我身旁的小優摸著下巴接著說道：「這麼說來……」

「有句成語叫『滴水穿石』，意思是『小小的水珠不斷滴落在同一個地方，長年下來就能穿透石頭』。不過……我認為不太可能把這麼大的岩石切成兩半。」

嗯嗯，說得對。我也贊成小優的意見。

不管水滴能用多大的力道碰撞岩石，岩石也不可能會被切成這麼漂亮的兩半。

「優優說的沒錯，只有『水的衝擊力』是無法把岩石切開的喔。」

小理點點頭，接著蹲下來撿起一塊地上的石頭。

「你們看，像這種天然的石頭，其實也有我們眼睛看不見的孔隙。」

「咦？這麼硬也會有孔隙？」

「對啊，只是那些孔隙都很小而已。不過要是下雨的話，雨水就會跑進孔隙裡，如果孔隙中的雨水就這樣留到冬季……」

「啊，原來如此，雨水結凍後**體積會膨脹**！」

小計恍然大悟般地大聲說道。

說什麼啊？什麼雞帳篷？

在我一頭霧水的同時，小理繼續說明。

「體積膨脹啊，也就是說物體本身整個會變大的意思。其實水變成冰後，體積大約會增加九%。」

「咦?真的嗎?」

水變成冰後會變大?

……嗯,我實在無法想像。

「例如:用冰箱裡的製冰盒做冰塊,水倒進去時表面是平的,但結冰後表面就會突起來。這種現象大家都看過吧?」

「啊,這個我有看過!夏天要吃冰時,我還以為自己運氣很好,多出更多冰可以吃!」

阿武很開心地大聲說。

阿松也用非常感興趣的表情詢問小理。

「欸欸,你就快說嘛,冰塊膨脹是怎樣把岩石切成兩半啊?」

「請先想像一下。假如我們在汽水瓶裡裝滿水，再用瓶蓋牢牢蓋緊後放進冷凍庫裡。我們已經知道製冰盒上的冰塊表面會往上突起，但瓶子裡的冰塊卻會因為蓋子而沒有膨脹的空間，因此……」

「瓶子無法抵擋住膨脹時所產生的力量，最後就會發生破裂！」

小優這麼說後，小理笑著說：「答對了！」

「也就是說岩石孔隙中的水結凍時，就像是在瓶子裡製作冰塊。岩石孔隙會因為冰塊的體積膨脹而撐破。即使是冰凍一次還不會破裂的大岩石，只要孔隙多次結凍，也會接連地導致破裂。經年累月下來，就很可能在某一天突然裂成兩半囉。」

「喔～～～～～！」

我們小組所有成員同時發出「原來如此啊」的讚嘆聲。

（沒想到切開那顆大岩石的犯人可能就是水啊！）

這件事情真的好好玩喔，我忍不住又盯著那塊被切成兩半的岩石。

大自然的力量，真的太厲害了！

「照這樣說的話，剛剛的問題就是『**水**』啦！謝啦，自然同學！」

「我以為你這個人呆呆的，結果根本是萬事通耶！」

松武二人組佩服起小理的知識，稱讚起小理來了。

小理聽了以後，也站在自己撿起石頭的地方笑著。

「因為我只要是遇到自己喜歡的事物，就會一再地去理解呀。不管是動物還是大自然，都能發現各種新奇有趣的奧祕喔！我真的是打從心底喜歡啊！」

小理笑瞇瞇地說著，周圍的氣氛也跟著和緩了許多。

剛才大家之間的氣氛很火爆，但現在就像是根本沒發生過那回事一樣。

松武二人組和小計現在終於可以跟大家一起，在登山步道的柵欄邊走著，還開心地比著岩石閒聊。

（小理身上散發的「悠閒能量光環」，說不定比大自然的神力還要厲害呢！）

在我驚訝地看著小理時，突然身後傳來某人的呼喊。

「──**自然同學！終於找到你了！**」

這個聲音聽起來很慌張。

快步跑過來的人是一位戴著眼鏡、綁著辮子的小個子女生。

「和佐！」

「啊，小圓和小優也在啊！」

我對她揮揮手後，對方也笑著揮手回應。

這個女生是三班的**進藤和佐**。

她是認真進取的女生，一直到四年級之前都與我和小優同班。

「和佐，妳們那一組解題的進度如何？」

「哎呀，我們一定會獲勝的，絕不會輸給妳們喔！」

面對鬥志旺盛的小優，和佐穩重地笑著，像是表示「彼此一起努力吧」。

這麼說起來，她們在四年級時，也常常在考試分數上互相競爭。

對於不服輸的小優來說，和佐是個很好的競爭對手。

「只要有和佐在的班級，的確有可能成為冠軍熱門呢。」

「對啊。所以我們也不可以鬆懈下來。」

我和小優在閒聊中肯定和佐的實力，微笑著的和佐聽得有點臉紅。

「不過，我還蠻驚訝其中有不少難題呢。剛開始雖然馬上就能解開，但從剛才就一直抽到★3的問題。尤其在不知道要怎麼解題時，自然同學就突然不見了——」

和佐說著說著，忽然睜大雙眼，再次急忙地看向小理，說道：

「對了！自然同學！請你別自己一直往前跑，大家會擔心呢！」

「哇，對不起。因為我看到很遠的地方有一塊很有趣的大岩石，所以不知不覺就走了過來……」

小理抓著自己的頭，一臉抱歉的模樣。

這時，和佐身後又來了一個人。他是三班的高山同學，他笑著把手搭在小理的肩膀上，幫小理求情：

「就算了嘛，反正我們剛好也要到這裡呀。有小理這個高手的貢獻，我們小組才能順利解題到這裡嘛。」

「你怎麼這樣說，要是出意外怎麼辦？萬一受傷或失蹤又該怎麼辦……」

「才不會這樣！進藤就是愛瞎操心。」

高山同學像是被和佐的話嚇一跳般，甚至連眉頭都皺了起來。

和佐先是說了句「可是……」，但又把話吞了回去。

（怎……怎麼辦。要是連他們也開始吵架就不好了……）

總覺得現場的氣氛又開始有點緊張，所以我也跟著慌張了起來。

「——真的很抱歉，和和！」

這時小理突然跑進兩人之間。

「我不會再隨便亂跑了。所以請妳原諒我好嗎？」

小理笑著雙手合掌，希望和佐能夠原諒他。

這時，小理溫暖的笑容似乎也打動和佐的心。

「……我知道了。那接下來請你多注意喔。」

「好的～！那麼圓圓、小計、優優、松武，我們晚點見喔～！」

小理用力地對我們揮手道別，就跟和佐她們一起走掉了。

從後面看著他們的背影，可以看到小理和高山勾肩搭背的，而且還跟同一個小組的女生們開心聊天。本來氣氛有些沒活力的小組，現在以小理為中心，迅速地變得熱鬧起來。

（看來小理在自己的班上，已經交到要好的朋友了！）

我平常雖然無法看到其他學科男孩在各自班上的情況，不過看到小理這麼受歡迎，確實讓我放心了不少。

相比之下……

「好了，我們也該走了。松倉、武智，你們不准再脫離規定路線了。」

「知道了啦。數學你這個人很愛計較耶。」

「這麼愛計較，小心沒人愛喔。」

「少囉唆！」

「好啦，到此為止！現在我們把目標放在下一個關卡，打起精神向前衝～！」

一看到這三個人可能又會吵起來，我趕快用力揮著手向前走。

（……唉。我已經對之後的發展，感到很不安了。）

想要小計跟小理一樣跟大家和睦相處，看樣子根本不可能吧。

6 公布成績！

「——接下來，我們要公布這次『大自然問答班級對抗賽』的**優勝隊伍**了！」

聽到老師即將宣布優勝隊伍，我緊張地吞了吞口水。

「我覺得我們這一組的表現，算是很不錯吧？」

「是啊，不管是答對次數和抵達終點的時間，算起來應該都是名列前茅。所以整體而言，我覺得都可以爭奪第一名。」

我一邊聽著小優說的話，一邊期待老師宣布。

當然，不是只有我期待著。其他班級的參賽者，雙眼也都閃爍著期待的光芒。

這大概是因為優勝獎品很吸引人吧？

老師們準備的優勝獎品，是各種零食組合的大禮包。

畢竟戶外教學規定了學生們購買帶來的零食金額。而且很多學生就算只是在車上稍微吃一點零食，也常常把它們忘在車上。

這個時候如果還能拿到零食，一定超級幸運的。

還有還有！

這個零食大禮包當中，還包括糖果店會賣的那種小布丁。

我自己雖然也帶了布丁，但布丁這種東西，當然是越多越好啊！

（拜託！優勝隊伍一定要是我們二班第二組！）

等待宣布比賽結果的同時，我雙手合十祈禱著。

這時，老師的身體故意做出誇張的大動作，用視線橫掃每個班級……

「優勝的是……三班的第五組！」

接著，場內傳出歡呼聲。

轉頭一看，就看到小理與和佐他們開心笑著。

「哇！好好喔。是小理他們耶！」

「或許，他們★3的卡片抽得比我們還要多，而且還全部都答對吧？畢竟能抽到的卡片難度，還是得憑運氣……」

小優失望地垂下肩膀。

我雖然也很失望，也很羨慕小理他們……

「但是，我們在岩石分成兩半的問題那邊，是靠小理告訴我們答案的吧。既然最後是小理他們那一組優勝，我們還是大方認輸吧。」

我說完後，小優先是低著頭，接著也點點頭。

「……沒錯，小圓說得對。我要多用功唸書，下次再贏回來！」

「對啊！」

我們兩人相視而笑。

雖然沒有獲勝，可是這個對抗賽真的讓人很開心呀！

問答對抗賽結束後，我們全都到河邊撿石頭。

大家各自把自己喜歡的石頭帶回住宿地點，因為接下來我們就要一起**彩繪石頭**。

而且不只要彩繪石頭，還要為石頭裝飾塑膠水鑽。

挑選石頭時先想好要做出什麼作品，好像也是彩繪重點。

「蹲下來看，才發現河邊有各種形狀的石頭呢。」

我把腳邊的石頭一個個拿在手上看。

我發現這一帶，不像之前那裡有許多岩石、走起來崎嶇不平的，這裡更平坦，水流也更加緩慢。

隨著河水滾動著的，多半是小小的石頭。

「就算是同一條河流，上游跟下游的石頭真的完全不一樣耶。」

小優一臉佩服地在我身旁說了起來。

「上游和下游？」

我歪著頭問小優：

「嗯……剛剛我們比問答對抗賽的地方，就是上游嗎？」

「對啊。石頭在河川裡不停滾動，因為碰撞而讓原本尖銳的地方被磨平，形狀會變圓、變小。所以下游的石頭都會比上游還要小。這在第一學期[註]的自然課中有教喔。」

「有……有這回事嗎……」

我不由得尷尬地笑了起來。

經小優這麼一說，的確有學過……吧？

我想起小計對松武二人組碎碎唸的話，要是沒有好好複習，就算是好不容易記住的知識也會忘掉。

（好，戶外教學結束後，回到家，我就要複習課本內容！）

如果在讀書時回憶起今天看到的情景，或許還會有什麼新發現呢！

我一邊這麼想，一邊挑選著石頭。

「嗯～沒有布丁形狀的石頭嗎？」

聽了我的自言自語，小優噗哧地笑了出來。

「小圓真的很喜歡布丁耶。」

「對啊！雖然戶外教學很有趣，但不能讓我好好享受布丁，還是有點遺憾耶！雖然散裝的零食小布丁很好吃，但我還是覺得比不上用湯匙舀著布丁吃！」

小優聽了之後，又被我逗笑了。

不過，要是在石頭上畫布丁，可能會讓我的身體有點出現布丁攝取不足的症狀。

雞蛋色的樣子散發出甜甜的香氣啊！

我覺得這個世界上最完美的食物就是布丁了！

咕嚕～

……糟糕，我害自己肚子餓了。

註：日本中、小學大多數採三學期制，第一學期從四至八月；第二學期從九至十二月；第三學期從一至三月。

都不會被時代淘汰喔。所以我希望自己可以成為這樣的人。」

「喔～！」

小優的確就像她講的那樣，平常就給人一種積極展開行動的印象。

真不愧是小優！將自己期許的目標寄託在彩繪上！

（好！那我也要努力畫石頭彩繪！）

我集中精神，並且握好彩繪用的畫筆。

「其實『滾石不生苔』，還有另一種意思喔。」

我的身後忽然傳來說話聲。

「小詞！」

轉頭一看，發現小詞正站在那裡。

柔順的黑髮，配上溫柔的眼神。

如同王子般的小詞出現後，原本專心彩繪的女生們一看到他，也跟著吵鬧了起來。

小詞果然厲害，實在是太受歡迎了。

「那麼，國語同學，你說的另一種意思是什麼呢？」

小優好奇地發問。

小詞翻開隨身攜帶的字典，給小優看。

「『滾石不生苔』除了有『保持積極進取』這個正面涵義之外，還有『不安於本分、不斷見異思遷的人，將難以獲取金錢和地位』的負面涵義。」

「真的耶……我不知道還有這層意思。這實在不是好兆頭呢……」

小優有些擔心地看著石頭。

小詞溫柔地笑了笑，搖搖頭說：「沒有這回事，重要的還是『自己從什麼樣的角度看待』，單一的字詞只不過是表達意義的符號。無論是從字詞中得到助力，或是得到不好的感受，都是隨個人的看法而定。」

聽完小詞的話後，小優立刻露出豁然開朗的表情。

「是……是呀！謝謝你，我總算有完成彩繪的頭緒了！感覺我會做出不錯的作品呢！」

「別客氣，我也希望這些意見能幫上忙。」

小詞羞紅著臉微笑著。

我平時不曾看過小詞現在這樣的表情，因此不禁讓我心跳加速。

（小詞真的好有禮貌喔！運動會的事情是我自己想做才做的，其實不用道謝呀……）

小詞說的運動會時的事情，是指之前他的身體變透明的大危機。

那時候我一直想找出不讓小詞消失的方法，後來決定在運動會送小詞驚喜便當和一封信。

雖然現在小詞很有精神地站在這裡，但那時候我真的是快要累壞了。

（我收到這麼棒的禮物呢！）

小詞離開後，我因為他的禮物而開心地哼著歌！

我把他送給我的石頭小心地收進口袋後，就再次彩繪起自己的石頭。

（好了～現在我也該完成自己的布丁囉！）

接著只要再把焦糖的部位塗上咖啡色……

「完成了！」

我望著桌上的石頭，呆呆地笑著。

嗯～感覺真不錯！

我也可以做出這麼棒的作品呢！

「我現在去其他桌那裡，找磁鐵和膠水喔！」

我向小優說一聲後，就離開座位了。

在其他同學也開心彩繪石頭的同時，我正在別桌旁邊不停地張望，為了找出目前需要的工具。

「小圓～我找到妳囉！」

這時候，正好遇到小歷。

小歷看著我手裡拿著的石頭，馬上笑著「喔！」地一聲。

「這不是布丁嗎！妳做得真好耶！」

「對啊！最後只要把磁鐵貼上去就大功告成了。小歷，你做的是什麼呢？」

一聽到我這麼問，小歷一臉得意地「哼哼」笑道：

「我做的是石製飾品！」

「鏘鏘～！」小歷說著，就把兩條綁著漂亮小石頭的項鍊拿出來。

小歷的品味果然很棒！這兩條項鍊簡直精緻得可以拿去賣了！

「我告訴妳喔，在距今一萬年以上的繩文時代註，就已經有人會將這種石頭、貝殼做成項鍊了。不過據說啊，比起當成類似現在的時尚小物，古代人多半是把這類飾品當成驅邪用的護身符……但我認為他們會做出那些漂亮飾品，說不定是因為心裡想著『我也想趕流行一下』～」

小歷愉快地說著。

或許，真的如小歷說的那樣，古時候就有一些人很愛打扮！

一想像古代也有時尚教主，我也跟著興奮了起來！

「那麼，我把這個送給小圓囉。」

小歷突然把項鍊戴在我的脖子上。

「咦？這……可以嗎？」

「就是為了要送妳當禮物才會做兩條啊。就請妳當成護身符收下吧。」

小歷彎著身體靠過來，笑瞇瞇地盯著我的臉看。

但是我因為不知所措，而將眼神移開。

我作夢也想不到會有男孩送我項鍊……

雖然我早就習慣小歷的個性，但這是我第一次遇到這樣的狀況，都讓我心跳開始加速了。

「嗯，真的太適合小圓了！」

心滿意足的小歷拍拍我的頭說：「那我們晚點見囉～」然後揮揮手走掉了。

（呼……嚇死我了……）

「欸，圓圓！快看這個！」

才剛喘完一口氣，興高采烈的小理馬上就接著跑了過來。

「我在河灘上找到化石了唷！」

「咦？化石？」

「是雙殼綱的化石喔。妳看這邊，是不是看得出貝殼形狀？」

我按小理所講的仔細看著他手上的石頭，的確能看到貝殼狀的突起碎片。

註：指日本的舊石器時代末期至新石器時代，此時期以繩紋陶器的使用為主要特徵。

「真的耶！你說這個就是化石嗎？」

「絕對不會錯的！哎呀～我太幸運了吧！這個就送給圓圓吧！」

「咦？要送我？」

「對呀，因為重要的東西當然會想送給重要的人嘛！這是代表幸運的護身符，圓圓要好好珍惜喔！」

小理展現出天真的笑容，然後哼著歌踏著輕快的腳步離開。

我整個人在原地發呆，認真地看著他們送給我的禮物。

（根本要把我嚇傻了啦。竟然有三個男孩主動送禮物給我……）

這些禮物有文鎮、項鍊還有化石。

他們的一番心意讓我偷偷高興著，嘴角都忍不住上揚了起來。

（呵呵，我要好好收藏起來，別把這些禮物弄丟了。）

然後我又再度哼著歌尋找膠水和磁鐵。

「喂。」

又有人叫住我。

我往聲音的方向看過去，發現小計正扳著臉看著我。

（咦？他好像在生氣……？）

為什麼？我是不是做錯了什麼事？

在我一點頭緒也沒有的時候，小計忽然輕輕乾咳了一聲。

「……這個，你拿去吧。」

小計拿出一個大概有丸子般大小的石頭。

光滑的表面上有很多圓圈，上頭還畫著像是花朵的圖案。

「這是……？」

「這是神聖幾何圖形裡的『生命之花』。幾何學是數學裡的一門學問，專門研究圖形和空間的性質。而神聖幾何學在研究中不但找出自然協調的圖形和特定模式，之後也從這裡發展出與神祕學相關的宗教要素。」

小計的嘴巴就像機關槍般說著。

「……」

我想……他應該是在說中文吧……但我完全聽不懂……

在我整個人幾乎要翻白眼當機時，小計又接著說：「總……總而言之！」

「這個圖案可能會有一點神祕的力量。妳看看這個完美的漂亮圖案吧！只要看一眼，就能緩和情緒、頭腦清晰。妳唸書時就放在桌上吧。」

咦……

我確實也覺得這個圖案很漂亮，但說能緩和心情……

算了，反正我別說太多，乖乖收下這塊石頭好了。

「謝……謝謝。」

我跟小計道謝，但小計的表情又像是想要多講些什麼，眼神開始到處亂飄。

（他……他果然在生氣吧……？是在氣數學考卷的事？還是之前問答對抗賽時，我惹他生氣了……？）

因為實在不知道他想要做什麼，只能有點害怕地偷看他。

這時，小計搔著自己的頭，小聲地說道：

「……那個……抱歉。」

咦，抱歉什麼？

就在我還一頭霧水的同時，小計又開始像繞口令一樣說話：

「我是說妳暈車的事，都是我叫妳寫考卷害的。就算我不知道那樣會成為妳暈車的原因，但刻意造成妳心理壓力這件事……我必須向妳道歉。」

我聽了以後，還是只能呆呆地盯著小計看。

（啊……我知道了。這塊石頭是道歉用的禮物！）

我終於明白小計想要說什麼了。

原來小計是特地過來向我道歉的，所以才會送我這塊石頭……！

「我會暈車不是小計的錯喔。我現在已經好了，你可以不用在意！這個是『森林之花』對吧？

謝謝你送給我當禮物！」

我笑著這麼說後，小計的臉變得有點紅，並且噘著嘴回答：

「……是『生命之花』啦。」

小計話一說完，就轉身背對著我，匆匆離開。

他的表現讓我心頭感到溫暖，忍不住笑了出來。

（小計雖然說話很笨拙，但基本上是一個心地善良的好人。）

如果他的這個優點能讓松武二人組和其他同學知道就更好了。

8 過夜那個晚上

「嗯～還是床鋪最棒了～！」

我一進到房間後，就把自己整個人埋進雙層床的下鋪。

洗完澡和吃過晚餐後，就是自由活動時間了。

到熄燈為止的時間內，大家可以自由到其他房間串門子！

在家裡的時候，多半必須在睡前寫完複習用的考卷，但今天晚上什麼事情都不用做，實在是很難得的輕鬆時刻！

「等一下只要放空不做事，然後再去睡覺就好了，這裡簡直是天堂耶～」

「小圓真是的。」

看到我開心到得意忘形，小優坐在對面的床笑著。

過夜的房間是四人房，而且還是兩張雙層床的房間。

由於我是獨生女，在家裡一直都是一個人睡一間房間。像今天這樣能跟朋友們一起睡覺，讓我覺得特別興奮。

啊～好開心唷！

我把臉埋進枕頭裡，雙腿啪躂啪躂地踢著。

「今天轉學生四人組也一樣很帥呢～！」

暱稱英里里的葛西英里從上鋪探出頭，這麼說著。

這時睡在對面上鋪，外號小七七的小野田七七子也附和道：「真的～！」

「聽說這個月『百天小學最適合當男朋友排行榜』裡，他們四個人幾乎一起排名第一喔！」

「哇～好厲害！」

「還有同時間舉辦的『希望喜歡的男孩對自己做什麼的排名』裡，第一名是『背後擁抱』喔！很棒吧！」

「咦～但是英里，我比較想要正面擁抱耶！而且也想讓喜歡的人摸頭～！」

「那我的話，想要額頭碰額頭！而且還要在超近的距離被對方說：『沒有發燒嘛』之類的……」

「呀～～～～！」

看著她們兩個人那麼興奮，我跟小優只能互看一眼再默默苦笑。

英里里與小七七在班上很喜歡討論戀愛話題。

無論在教室或其他地方，她們常常會像這樣情緒激動。

（話說回來，那些奇怪的排行榜到底是在哪裡調查啊？為什麼我一次都沒有參加過……）

我歪著頭想不出來，只好起身準備移動到小優的床邊。

要是大腦再放空下去，等一下可能會不小心睡著了。

「然後呢？小七七要去向小詞告白嗎？」

就在我爬到床上時，也繼續聽她們兩個人閒聊。

「咦～人家才沒有要這樣！小詞可是王子耶！我只要能遠遠看著他就滿足了！」

「啊～我懂我懂～！而且要是告白被別人看到就完了。四班的沙也加她們為了保護那四個轉學生的感情狀態，就對大家下達了『絕對禁止出手令』。」

「那些人時時刻刻瞪大著眼，監視著那四個人的周遭，想在戶外教學時跟他們告白，我覺得難度也很高吧……對了，小圓有沒有被別人說過什麼？」

「什麼？」

她們突然問我這個，讓我忍不住發出怪聲。

說起那個沙也加，感覺她很愛打扮跟跳舞，沒事都在講時尚流行的事情，而且就像是團體裡的老大。

雖然我曾經跟她同班過，但彼此沒說過什麼話。

「嗯～，我沒有被別人說過什麼耶。」

「真的嗎？小圓家就是那四個人的寄宿家庭，所以我覺得妳一定有被人亂講話～」

「不可能成為情敵的女孩，或許就不會被亂講話啦。小圓，我記得妳對談戀愛沒興趣吧？」

「咦？嗯，還好啦……」

我一邊尷尬地笑著一邊點頭。

許多其他班級的同學，站在走廊上聊天、四處串門子。

這個住宿地點只有百天小學五年級學生投宿，所以這時候並沒有老師喊著「大家安靜」來維持秩序。

（小優到底去哪裡了……？）

我在走廊上慌張地到處張望。

小優因為運動會的練習而受傷時，是小歷用公主抱將小優帶到保健室……從那時候開始，只要在小優的面前提起小歷，就會讓她害羞地臉紅。

之前我不經意地說起這件事，小優也曾經告訴我：「只要一想到這件事，就讓我害羞到想死……」

「喔！是小圓！小～圓！」

那個滿臉笑容對著我用力揮手的人，就是剛才八卦的主角小歷。

其他學科男孩也剛好在他身旁。

「大家都在這裡做什麼？」

「我們在討論今天問答對抗賽的題目內容。尤其是★3難度的問題，大多都出乎意料地有深度呢。」

小詞穿著輕鬆的室內服如此說道。

我跟他雙眼相對的瞬間，忽然產生和平時不一樣的氣氛，心臟怦怦地跳著。

不只是小詞，就連其他三個人好像也跟平時不太一樣，感覺起來似乎也都閃閃發亮著……

（好奇怪，我每天都在看這些男孩穿便服的模樣，怎麼覺得……）

該不會是旅行的關係吧？

還是，剛才聽了小七七她們聊戀愛話題的關係？

……這才發現，我的臉越來越燙。

「請問，你們有看到小優嗎？」

我慌張地把視線移開，開口詢問他們。

聽到我這樣問，大家一頭霧水互相看著。

「我們都沒看到小優……她怎麼了嗎？」

小歷擔心地這麼問。

「嗯——，不知道該不該算是有事……」

「圓圓，不然我們也一起找她吧？」

「啊，不用了！也許小優去廁所了……我自己再稍微找一下好了！」

我一邊搖搖頭，一邊回應小理。

小優應該不會做什麼讓人困擾的事才對。

「那麼，我先離開了……」

「等一下。」

這時小計突然出聲叫住我。

他一臉認真地注視著我的臉。

「……妳的臉很紅。會不會是發燒了啊？」

噗通。

小計的臉突然逼近我，被這個舉動嚇到的我，因此全身僵直。

——那我的話，想要額頭碰額頭！而且還要在超近的距離被對方說：『沒有發燒嘛』……

呃。

為……為什麼小七七說過的話，會在這時候出現在腦海中啊……！

我拚命搖頭，想把腦裡的那個聲音甩掉。

「——欸！數學！」

遠方，有人喊著小計的名字。

那個聲音來自阿松。

同時阿武也站在阿松的旁邊。

「這是怎樣啊，跟你說話都不理我們，換成女孩，你就那麼親切。」

「啊，不過笨丸這個矮冬瓜，算不上女孩啦！哈哈哈！」

氣死我了！

他們為什麼老是故意惹我生氣！

「你們兩個……！」

就在我氣得要命的同時……

「好煩啊。」

小計站出來擋在我的前面這麼說道。

「因為我對你們的提議完全沒有興趣，這也沒辦法啊。」

「你是說『比賽誰能在戶外教學期間被女孩告白，誰贏大家就要請他吃洋芋片』的事嗎？明明很好玩！就你一個人不玩！」

「真無聊，光跟你們講話我就覺得浪費時間。」

「喔，我知道了。你沒自信贏是不是？」

「算了算了，想逃走也不是不行啦～」

松武二人組故意誇張地挑釁小計。

真是夠了，居然拿女孩向男孩告白的事情打賭。

我一方面生氣，一方面也放棄跟他們爭論……但忽然間，有一個想法從我的腦中閃過。

（如果……學科男孩真的喜歡上某個人，那又會怎麼樣？假設有人向他們告白，然後就那樣交往的話……？）

小詞上次差點消失時，大家曾討論出「除了考試分數，也許有其他規則會導致學科男孩消失」的情況。

就那次消失事件的結果而言，我們已經知道學科男孩心裡要有「希望維持人類模樣留下來」的強烈意志……但除了這個以外，還不知道是不是有其他導致他們消失的條件。

（嗯～。但話又說回來，我也不知道交往到底是怎麼一回事就是了。）

光憑想像，我也沒有什麼具體概念。

畢竟我沒有戀愛經驗嘛……

就在我自顧自地思考這些問題時……

「唉！真的有夠無聊！數學你這個人就是因為這樣才會沒朋友啦！」

突然有人大聲說話，讓我嚇了一大跳。

而且這句話就像帶著刺一樣。

像是說中我一直都在擔心的事。

（小計他……果然沒有交到朋友……）

聽到這件事由別人的嘴巴中說出來，讓我更加擔心。

就算對象是松武二人組，只要稍微跟他們聊得來，或許也可以順利成為朋友！

「我……我說小計，我覺得多跟大家和睦相處比較好……」

但小計就像是要推翻我的話一樣，直接出口反駁松武二人組。

「我有必須要在這裡完成的目標，一點也不想浪費時間陪你們玩無聊的把戲。」

「無……無聊的把戲！」

「出現了！就是這副跩樣！不要就拉倒！」

「哼！我才想拜託你們別來纏著我！」

「好了好了好了，大家別吵了。」

介入三個彼此瞪視的是小歷。

「我也可以一起玩這個打賭喔。不過要是我輕鬆獲勝，大家可別討厭我喔！」

小歷嘻皮笑臉地說道。

聽了他說的話，阿松高興地說「好耶」。

「社會這個人果然很好說話！參加的人就是要越多才會越熱鬧嘛！」

「那洋芋片什麼時候請我啊？先說我喜歡薄鹽口味，要記得準備好唷。」

小歷說完後，阿武聽了哈哈大笑。

「社會，你很有把握嘛！順便跟你說，我最愛玉米濃湯口味！」

阿武毫不猶豫地說出自己喜歡的口味。

這時，一旁的小理和小詞也各自說著「我喜歡鹽味」「我喜歡芥末口味」。

就這樣，現場變成男孩們討論洋芋片口味的聊天聚會。

因為氣氛熱絡，甚至還引來其他男同學加入。

「話說，洋芋片受歡迎的口味，每個地區都會有所不同呢。」

「是喔！小歷很懂這個嘛～！」

「還好啦。對了，我們要不要來辦一個全學年的洋芋片口味喜好調查？說不定會有意外的結果喔。」

「聽起來很好玩耶。那就每個班級都來投票看看吧。」

「那我就來問問三班的全班同學喔！」

「好耶！交給你了，小理！」

「小詞，那我就和你負責一班的調查囉。」

「好的，就這麼辦。」

男孩們討論得很起勁。

（呼。至少可以避免他們吵起來……）

這時，我偷看了一眼沒加入討論的小計。

——我有必須要在這裡完成的目標。

剛才小計說的話，讓我有些在意。

小計說「必須要完成的目標」是什麼？或許，他要說的是我的成績吧？

小計曾經說過：「我一定要讓小圓考到滿分」。

他說過，在變成人類之前，一直看著因為成績不好而陷入憂鬱的我，所以才會想要親自教我功課。

雖然我很感謝他的心意，也知道他很努力地想提昇我的成績。

但是——。

（如果因為我，害小計無法交到朋友，那我的心情還挺複雜的……）

看到小理、小歷、小詞他們在自己的班上能跟大家打成一片。

小計真的希望自己一直交不到朋友嗎……？

我五味雜陳地，只能在旁邊默默看著落單的小計。

9　野炊時的大麻煩!?

第二天早上，大家要參加農業體驗活動。

我們要聽工具和肥料的使用教學，並且實地進行蔬菜的採收。

好好用身體感受後，接著就是以**野炊**的方式準備午餐。

收穫到的蔬菜將會當成小組的咖哩飯食材。

「小圓，爐火的狀況如何？」

「看來沒問題！」

「知道了。男孩那邊正在處理白飯，看起來也很順利。」

小優單手握著菜刀，俐落地切著菜。

小優很擅長做料理。

因為小優的爸爸和媽媽是醫生，每天都很忙碌。所以小優常常自己動手做飯。

「接下來，把切好的蔬菜放進鍋子裡……」

「是不是還要把油加進去？」

「是啊，肉也要一起放喔。」

我們兩個人知道怎麼做咖哩，直接把該放的食材放進鍋裡。

「哈囉～」

這時小歷忽然從旁邊冒出來。

「小圓、小優，做咖哩飯開不開心呀？」

小優一看到他出現，整個人顯得特別慌張，而且不想跟他對上眼。

「喔，小圓跟杓子很配喔！超可愛的！」

「咦？是這樣的嗎……？」

跟杓子很配……這算是誇獎嗎……？

我不知道該不該對這句話感到高興。

「小歷，你們那一組怎麼樣？跑過來偷懶不好吧？」

我問完後，小歷哇哈哈地大笑。

「我沒有偷懶啦。其實我是被派來觀察對手的表現～」

「對手？」

「妳沒聽說嗎？每年的戶外教學，老師會品嚐每一組的咖哩。哪一組能做出頂級美味的咖哩，就有權利在今晚的營火晚會中，自選播放歌曲。」

「有這回事？我都不知道耶！」

沒想到只是煮咖哩飯，檯面下還有這種較勁。

感到驚訝之餘，我還是要讓充滿自信笑著的小歷知道，我們不是好惹的。

「我們這一組有小優在，很有把握獲勝喔！」

「我也覺得『最厲害的對手就是二班第二組』，才會過來這邊看看。所以囉，小優借我嚐一口看看嘛～」

小歷立刻靠近小優身邊。

小優像是被嚇到一樣，肩膀抽搐了一下。

「才……才不要告訴你！你快回自己的小組啦。」

「哎唷～吃一口又不會怎麼樣。小氣鬼～」

「小氣就小氣。話說回來，既然說到比賽，那我的鬥志就會燃燒起來。雖然問答對抗賽錯過了優勝，但這次我們絕對能贏！」

小優激動地握著拳頭，展現出不服輸的氣勢。這讓小歷站著傻眼苦笑。

「欸？難不成我不小心點起妳們全力對抗的火苗……？」

在這兩個人鬥嘴的時候，我的衣角突然被拉了一下。

「嗯？」我往旁邊看。

「小圓，妳可以過來一下嗎？」

是三班的和佐。

從表情上看來，她好像在煩惱些什麼。

「嗯，可以啊……」

我跟著和佐，走到稍微遠離同學聚集的地方。

「怎麼了？」

「其實……我想跟妳聊一下自然同學……」

咦？小理？

「小理怎麼了？」

我好奇地詢問，和佐雖然打算開口說明，卻一臉很難說出口的樣子。

「其實我……有點不知道該如何跟自然同學相處。因為他有點我行我素，要是沒看好他，他就會突然不見。如果有什麼東西引起他的興趣，就會完全叫不動他……」

和佐的表情看起來很煩惱。

對了，和佐跟小理是同一組的，而且和佐還是組長。

記得昨天問答對抗賽時，和佐好像要求小理注意安全。

「剛才在農業體驗活動時，才一下子沒看好小理而已，然後就看到他全身沾滿泥土。因為他身上實在太髒了，所以現在他得先去沖澡。也因為這樣，我們這組的料理進度已經落後了……」

話一說完，我看到小理出現在遠處。

小理蹲在飯鍋前，似乎正在調整爐火的火力。

他的表情很輕鬆悠閒，笑瞇瞇地看起來很開心。

小理的身邊聚集著許多人，大家也開心地跟小理聊著。

（嗯～……）

我有點不知道該如何跟和佐解釋。

小理確實好奇心旺盛，常常會有讓人嚇一跳的行動。

但是，他本人卻是很樂在其中，而且也沒有任何惡意……

不過我保持沉默的樣子，反而讓和佐很洩氣。

「本來，我想趁戶外教學時跟大家留下美好的回憶。身為組長，為了不讓這趟旅行出現意外狀況，所以事前就熟讀了行前規範，而且也在腦中演練。我原本以為自己已經做好最完美的準備了，但現在卻發現過程不是那麼順利……」

看到和佐不知所措的樣子，讓我感到很心疼。

對很有責任感的和佐來說，身為組長卻無法好好帶領組員一起行動，會讓她感到很難過。

「我很擔心我們組員的情形，怕大家也會跟自然同學一樣太過隨性，造成嚴重的危險狀況。所以在擔心到想不出方法之下，才會來找小圓商量，因為小圓跟自然同學感情比較好。由妳來勸他，說不定能讓他稍微注意一下行為。」

「嗯～我也不知道自己行不行。」

我抓抓自己的臉。

能幫上和佐的話，我當然會盡力，但要我勸小理留意自己的行動，恐怕也很難解決和佐的困擾。

因為只要小理的好奇心開始爆發，我也一樣很難阻止他停下來……

「……抱歉，先讓我想一下。想看看有沒有什麼好方法能勸勸小理。」

「謝謝妳，小圓！拜託妳了！」

和佐終於露出鬆一口氣的表情，說完後就小跑步趕回自己的工作區域。

看著她離去後，我也稍微嘆了一口氣。

（嗯～該怎麼辦呢。還是去問比較有領導經驗的小優吧……）

我一邊煩惱著一邊走回自己小組的位置，看到顧著爐火的男孩們，好像有點奇怪。

老是吵架吵個不停的松武二人組和小計，現在卻保持著沉默。

「怎麼了？」

我走過去問他們，但他們三個人都沒有把頭轉過來。

他們不是一直用鞋尖踢著地面，就是戴著手套撥著煤炭。

「白飯做得怎麼樣？煮好了嗎？」

「誰知道，妳怎麼不去問數學啊？」

「我們跟他說話，但從剛才，他就一直把我們當成空氣囉～」

阿武的口氣透露出他的不滿。

他們會不會……又在吵什麼？

被這個狀況嚇呆的我，走到小計旁邊小聲問他：

「小計，他們兩個怎麼了？」

「……」

小計依然保持沉默。

但他這樣，我無法知道發生什麼事情啊。

我無奈地嘆了一口氣，

接著說：「……小計，你是不是該跟松武二人組好好相處？我知道他們兩個人老是胡鬧，但完全不理他們也不好啊……」

「跟他們對話沒半點用處，只是在浪費時間而已。」

小計憤怒地瞪向我這邊。

噗嗵。

這個視線，簡直快讓我窒息。

他的眼神看起來非常生氣。

這種憤怒的氣勢，讓我不敢繼續把話說下去。

（到底發生什麼事了？小計為什麼會這麼生氣……）

「——糟了！鍋裡的熱水要滿出來了！」

這時阿武大聲叫道。

我嚇得轉頭過去看，沒想到是我們這一組鍋子裡的水，被大火煮到滿出來。

「糟……糟糕了！」

我著急地往鍋子的方向跑去。

「怎怎怎……怎麼辦！」

「先把蓋子拿走看看？」

「呃……好！我來……哎呀好燙！不行啦，戴手套一樣不能摸！」

我和松武二人組手足無措，只能驚慌地看著鍋子。

「等一下！大家保持冷靜！」

這時小優趕到鍋子的前面。

「鍋子裡的水滿出來就是煮沸的訊息，所以千萬不能打開蓋子！現在最好把爐火的火力調弱！」

小優一邊說著，一邊拿著火鉗迅速把鍋子下的木架取出。

一根、兩根……

將木架取出後，本來不斷跳動的鍋蓋就神奇地停了下來。

小優鬆了一口氣後，用手擦掉額頭上的汗珠。

「『剛開始細火慢燉，到中間大火快煮，就算寶寶大哭也不開蓋。』」

「咦？妳在說什麼？」

這是在唸咒語嗎？

我問小優嘴裡唸著什麼話後，小優接著微笑說道：

「這是在野炊時把白飯煮得好吃的口訣喔。意思就是『一開始先用小火慢慢加溫，然後再用大火讓飯鍋沸騰，看到鍋裡的沸水快要滿出來時，千萬不要把鍋蓋打開，而是要轉回小火繼續加熱』。」

「喔～原來如此！」

真不愧是小優！

多虧小優的幫忙，才能順利解決問題！

「只要再煮十到十五分鐘就完成了。接下來注意野炊飯盒的蓋子是不是在咯嗒作響，有的話就要把爐火控制小一點。」

「喔，好……」

「我知道了。」

因為剛才整鍋白飯差點出意外，所以松武二人組很老實地接過小優手上的火鉗。

「也差不多是煮蔬菜的時候了。小圓和數學同學可以一起去提水過來嗎？」

「咦？啊，嗯……」

「……」

小計扳著一張臭臉，沉默地走出去。

看到小計突然先走掉，我只好慌張地追上去。

「……小計，你跟松武二人組是不是在吵什麼？」

前往取水處的途中，我找機會向小計問了這個問題。

「他們是不是說了什麼，讓你這麼生氣。應該是說了很難聽的話吧……？」

「……**這跟妳沒關係。**」

小計撇過頭不理我。

（咦……跟我沒關係……這是為什麼？）

讓人不安的疑惑，開始籠罩著我的內心。

我很擔心小計耶！

「不然你就跟大家好好相處嘛！松武二人組雖然很討厭，但是完全不跟別人溝通的你也不好啊！」

我說完後，小計的眼神有一瞬間顯露出難過的情緒。

「我是因為小圓……！」

小計想要說什麼，怎麼又把話吞回去？

「什麼？你不是說跟我沒關係嗎？」

我不小心加重了說話的語氣。

小計平時都會馬上回應我的話，但這次結結巴巴的模樣……怎麼想都讓我覺得很怪……！

我實在無法理解小計在想什麼。

在這個焦急的情緒下，我心中的不安開始不斷湧出。

「小計，你為什麼都不跟我講發生什麼事？」

我再度詢問小計，而小計把頭低下，並且靜靜地回答。

「……反正這件事跟妳無關。就是這樣啦。」

小計嘟囔地說。

水桶加滿水後，小計又自顧自地走掉。

「你怎麼這樣……！」

「……」

「討厭！我不理你了啦！」

我無法克制不安的感覺，如此大聲吼叫道。

但是，小計依然沒有回應我，只是獨自一人地走回營地。

10 有不好預感的夜遊！

在野炊後，接下來的行程是參觀歷史資料館，以及聽當地人講民俗故事的活動。

由於資料館內放置了一些貴重的展示品，因此小歷在現場興奮得不得了。在民俗故事活動中，小詞也與當地的爺爺和奶奶一起熱烈地聊起民俗故事。

雖然班上有些男孩都覺得無聊得打呵欠，但多虧了小歷和小詞的解說，這兩個行程讓我覺得很有趣。

「哎呀～資料館真是太好玩了！」

「還有民俗故事也令人回味無窮。若行程允許，我還想跟當地人一起徹夜長談。」

小歷和小詞走在住宿地點的走廊上聊著今天的活動，從他們笑瞇瞇的表情上看得出來，他們相當滿足。

現在我們正要前往下一個活動的集合地點。

「接下來的**夜遊**，不知道會是什麼活動？」

我一發問，小優便打開活動說明，回答我的問題。

「夜遊是太陽下山後的爬山活動。我們會從住宿地點的西側出發，並且在夜遊活動中繞上一圈，好像住宿地點的東側就是這次活動的終點。活動說明上的地圖是這麼寫的。」

「……啊！我把活動說明忘在房間裡了！」

「沒關係，我有帶著就好了。反正這個活動要整個小組一起行動。」

「原來如此～那我就放心了。」

聽了小優的話，我馬上鬆了一口氣。

自從上次跟小理去我家附近的後山野餐以來，好像就再也沒有晚上爬山了。

「晚上的山裡充滿魅力啊～會有很多白天無法看到的東西喔。我實在好期待啊！」

興奮難耐的小理，整個身體都開始蠢蠢欲動了。

他的脖子上，還圍著黃色的圍巾。

「小理，你還戴了圍巾？」

「這個啊！因為晚上的山裡很冷啊。而且黃色在晚上也會比較顯眼，在遠方很容易被別人看到！圓圓，要是妳看到我，記得喊我一聲喔。」

「哈哈哈，ＯＫ！」

跟天真無邪的小理聊天，總是可以讓我很自然地笑出來。

雖然炊飯時跟小計吵架，讓我心情變差，但因為有小理、小歷、小詞的幫助，我的心情變好了一點。

（不過，小計到底在生什麼氣……？）

我一邊走著，一邊偷看小計的狀況。

雖然想為剛才的話向小計道歉，但一直找不到好機會跟他說……

而且，我覺得小計自己也有錯。

說什麼**「這跟妳沒關係」**，這句話聽了實在是很不舒服。

我和學科男孩相遇已經有一段時間了，我也漸漸把他們當成家人。

但是，該不會只有我將他們當成家人看待吧……？

（我不希望以後小計一直不跟我說話……如果找到能私下聊天的機會，或許可以順利和好吧……？）

我一路上一直這樣想著，就在轉眼間，已經到達作為活動起點的停車場。

在太陽即將西下的山中，這裡看起來有些昏暗，而且非常安靜。

跟我平常生活的街道傍晚時分不一樣，山裡的黃昏有種完全不同的氣氛。

「一、二、三、四、五……全員到齊了。」

小優確實清點了我們這一組的人數。

而松武二人組則是在旁邊拿手電筒照著自己的臉，一直嘻嘻哈哈地吵鬧。

我們的夜遊活動，是要讓全體成員拿著家中的手電筒，在山中散步。

「這太讓人期待了吧！晚上走在山中簡直就是試膽大會！不知道會不會有鬼出來？」

「啊！對了對了！我聽我哥說過，這座山以前有人失蹤過喔。聽說是小孩子被鬼怪抓走，才

會突然下落不明！」

「咦，真的假的！」

「你看那邊，不就已經過來了……就在花丸的後面喔～！」

「喂！你們不要這樣！」

松武二人組拿手電筒，靠在下巴這麼說著。

看到被他們兩個人嚇到的我，在一旁的小計「哼」一地嗤之以鼻：

「鬼怪只不過是不科學的虛構產物。所有見到鬼的證詞，以科學的觀點解釋，就會知道都是當事者看到的幻覺和自然現象等因素。」

「哎唷？解釋成這樣，我看數學其實在害怕了吧？」

阿武不懷好意地奸笑著。

阿松也跟著附和：「真的是這樣耶！」

「這種時候，越膽小的人，就越愛講話～」

「你說什麼!?」

「唉，你們不要又開始吵架啦！」

對這種情形感到厭煩的小優，馬上開口阻止那三個人吵架。

「你們要是在活動時吵架，到時出了意外怎麼辦？如果再胡鬧下去，我只好請老師處理你們的問題了。」

聽了小優的話後，他們總算不滿地把嘴巴閉上。

（唉……從昨天開始，就這樣吵個不停！）

看著小計和松武二人組彼此背對著，不理對方，我不禁小小嘆了一口氣。

本來應該是快樂的活動，卻從一開始就變成「牽兔一篇按讚」了。

「這邊大致上是路線的中間位置了。差不多會看到老師站在附近了。」

小優看著地圖，進行確認。

夜遊安排的活動路線，是兩側長滿草木的山路。

雖然有點冷，但新鮮的空氣呼吸起來真的很舒服，而且聽到蟲鳴聲，交雜著風吹葉片的聲音，也讓我覺得很有趣。

現在想想，和學校的同學們一起夜遊真是不可多得的經驗，光是散步，心裡就覺得特別開心。

「啊！老師就在那邊吧？」

才稍微走了一下子，就在不遠處看到川熊老師拿著提燈等我們。

不過，老師看起來還沒有發現我們。

……仔細一看，老師把手機貼在耳旁，是不是在講電話啊？

老師的臉被手機所發出的光照著，總覺得表情看起來很嚴肅。

「老師！二班第二組報到。」

小優用清楚的聲音向老師報備，沒發現我們的老師因此被嚇一跳，然後慌張地把手機收進口袋中。

「發生什麼事嗎？」

「啊……不，沒什麼。」

「哎唷～老師很可疑喔！是不是偷偷跟心愛的老婆講電話啊？」

阿武惡作劇地笑著說道。

「喂！不許跟大人開玩笑！呃～二班第二組全員到齊。時間還剩下一半，你們要注意安全，小心回到營地喔！」

跟老師報備完畢後，我們再度朝終點走去。

「……喂，妳有聽到嗎？」

阿松忽然悄悄跟我說話。

「有聽到什麼？」

「剛才老師講電話的時候有說啊！──說三班的進藤不見了！」

「咦!?」

我馬上就被這個消息嚇得發出驚叫聲。

三班的進藤……不就是和佐嗎？

和佐不見了？該不會，迷路了吧……？

我的心跳開始加速。

一個小學生在這麼暗的山中失蹤，要是出事的話……

「老師剛才還說『要通知警察』！肯定出事了！」

「這樣很不妙耶！我們也快找進藤吧！」

在松武二人組你一言我一語的當下，小優默默地思考著。

「不行。脫隊跑去找人不是好主意。我們該做的是確實走到終點，然後返回住宿地點。如果有什麼狀況需要宣布，老師應該就會主動向我們說明。」

「我贊同成島的意見。我們不熟悉山裡的夜間環境，不適合跟著到處找人。」

聽了兩個人的反對意見後，松武二人組很罕見地把話聽進去，並點點頭說：「知道了。」

「那我們走吧。」

「喔，大家小心前進吧。」

小優和小計都站在前方帶我們往前走。

心中滿是擔憂地，我跟在他們兩人的後面。

（和佐，拜託妳不要出事……希望阿松只是聽錯了……）

不安的感受一直在心中翻騰。

我想著和佐的安危時，原本聽起來很舒服的風吹草木聲，開始變得讓我感到害怕。

「……可以吧？……所以說……」

這時，我聽到後面傳來竊竊私語的聲音。

「但……不是吧？」

「我知道了……我們找機會……」

在我覺得怪怪的而回頭的時候，看到松武二人組立刻閉上嘴。

他們一副沒發生什麼事情的模樣，依然正常地走著。

……怎麼了？真奇怪。

「哎呀，那不是第一組嗎？」

走在前方的小優這麼說。

看來我們已經追上比我們先出發的第一組了。

「關於進藤的事，我們先過去跟他們打聽一下消息吧。」

「是啊，雖然跟著騷動起舞不太好，但要是能得到有用的訊息，我們也可以去跟老師報告一下。」

小優跟小計快步向前接近第一組。

——但在那一瞬間。

「趁現在！」

後面突然有人這麼喊著，我回頭一看，只瞄到兩個人影衝進旁邊的岔路。

——是松武二人組！

「等……等一下！」

我慌張地追了上去，但感覺前面兩道微弱的光芒，一下子變得越來越遠。

現在得趕快追上他們，不然就會跟丟了！

「小優、小計！松武他們往這邊跑掉了！」

我大聲喊著前面的兩人，然後開始趕快跑去追松武二人組了。

「阿松、阿武！快點回來……！」

通過草木時腳邊能聽到不斷發出沙沙聲，但我依然專心地追著。

由於腳下的道路不是一般道路，為了避免跌倒，還必須留意跑步的速度。

「哈……哈……」

我開始上氣不接下氣了。

冷颼颼的空氣刺著身體，讓我感到陣陣涼意。

而且我本來就不是擅長跑步的人，憑我的腳力根本沒辦法追上那兩個人呀。

「小……小優、小計……！松武往那邊……！」

我覺得接下來還是讓小優和小計追好了。

這麼想的同時，我停下腳步回頭。

因為我認為還是對一起追上來的他們說明清楚狀況比較好——。

（咦……？）

噗嗵。

眼前的景象，讓我心裡一驚。

「什麼……？咦……？」

原來我身後沒有人跟上來。

當我停下來時，沒有腳步聲的空間只傳來冰冷的風吹聲。

（咦……為什麼？我剛才有叫小優、小計過來吧……？）

所以我以為他們會跟上來……才對……

「嗚……」

我慌張地往前方再度找人。

雖然剛才還能看到松武他們的手電筒所發出的亮光，但現在已經看不到了。

（怎麼辦……我好像迷路了……！）

……不會的不會的，沒有這回事！我才沒有出這種事！

我用力搖搖頭，想把負面想法從腦中甩掉。

小優和小計一定還在附近！

「小優……!?小計……！」

雖然我想求救，但是很難大聲喊出聲。

黑夜中的戶外就像是把我的聲音給吞沒，感覺我一發出聲音就會憑空消失。

我左右張望，一樣沒看到任何人。

這裡沒有任何人的說話聲和腳步聲。

在沒有人煙的山林中，孤單一人的，就只有我而已。

而這樣也就代表我——

（我……我難道……**也迷路了!?**）

山上不斷吹著的風，再次往我的身上吹來，我也感覺到自己的體溫正在下降。

11 小圓，出事了!?

（嗚……好冷喔……）

一個人呆站在原處的我心中感到不安，只好走到一棵看起來被風吹一下就會整個晃動的樹下蹲著。

放眼周遭的環境，只覺得是座讓人感到不自在的森林。

鄰近的樹木就像是低頭俯視著我。

我已經不知道自己是從哪裡跑過來，也不知道自己該往哪個方向離開。

（怎麼辦……竟然在夜裡的山上迷路，只要一不小心或許我就會死掉……！）

現在我整個身體從裡到外都是冷的，而且還冷到發抖。

我自己也知道，必須大聲呼救，想辦法確認自己原本走過來的路線。

但是……不安的情緒已經充滿全身，讓我動彈不得。

雖然腦中急得發熱，但是身體卻冷得快要結凍一樣。

我的心臟就像無法控制般，不斷開始加速跳動。

我知道再這樣下去是不行的。

但即使知道……！

（我現在怕到不敢動……我已經，不行了……！）

——小圓，妳聽得到嗎？

（咦？）

我就像是被嚇到般，我倒抽了一口氣，我覺得自己聽到媽媽的聲音。

「………」

我集中精神，用耳朵專心聽著。

但是，現在只能聽到蟲鳴跟風吹動葉子的聲音。

我聽不到，媽媽的聲音。

（這是當然的啊……媽媽不可能在這邊的……）

我媽媽在三個月前，就已經離開人世了……

一想到這個令人難過的事，我就把自己的臉埋進雙膝之間。

媽媽是個植物學家，很喜歡花草樹木。

如果來到這種充滿大自然的地方，「這是櫟樹」「這是杜鵑花」，一定會一一跟我介紹植物的名字和特徵。

而且也一定會這麼說：

「小圓，妳有聽到嗎？有沒有聽見植物在說話？」

老實說不管怎麼仔細聽，我都聽不到植物的聲音。

但是，我很喜歡媽媽閉上眼睛聆聽時的側臉，她總是會安靜地聽著風吹樹葉的聲音。

總覺得這種時候，就算我跟媽媽不用說話，也能彼此心靈相通。

透過這個時刻，我能感受到媽媽就在身邊……

——沒事的，妳不是孤單一人喔。

（咦？現在是……？）

驚覺聲音再度傳來，我立刻抬起頭來。

不過，這次不是媽媽的聲音。

聽起來不是我認識的人。但總覺得讓我有些懷念……

我屏住氣息用心聆聽，一股爽朗的和風吹來。

這股風吹拂過來，讓樹木草葉不停發出聲音。

沙沙

沙沙

神奇的事情發生了。到剛才為止，還一直讓我害怕的風吹草木聲，現在聽起來像是溫暖柔和的聲音。

（難道……這是植物的聲音嗎……？）

我閉上眼睛，靜靜地聆聽。

沙沙，鼓舞人心的聲音。

沙沙，溫柔的聲音。

植物的「**那個聲音**」正不斷地隨風傳出來。

忽然間，我從這裡感覺到媽媽的存在。

（媽媽……妳在我身邊嗎……？）

我不知不覺，流下了一行眼淚。

於此同時，也產生落寞的感受。

（媽媽，我好想見妳……！）

隨著胸口深處猛然一緊，我的雙手也用力抱住膝蓋——這時。

突然，我發現腹部與大腿中間，好像夾著某個硬硬的東西。

是什麼呢？

我把臉抬起，將手往口袋伸進去。

（啊……！）

手裡拿出來的，是男孩們送我的彩繪石頭。

小詞的紙鎮。

小歷的項鍊。

小理的貝殼化石。

還有小計給的某種什麼……花的裝飾品。

因為這些石頭的關係，我想起他們的模樣，身體也慢慢湧出力氣。

（是啊，媽媽到天國去了，還是一直在保佑著我。所以學科男孩才會來到我身邊。我已經不再是一個人了……！）

當我沉浸在媽媽去世後的悲傷時，那些男孩突然出現在我面前。

多虧了他們，我才可以站起來，繼續向前。

對我而言……他們四個人已經是我最重要的「**家人**」！

（我好想見他們喔……）

心中的這個想法開始浮現。

我想要再見到他們。

所以——**現在不是在這裡哭哭啼啼的時候！**

我下定決心後，重新站起來。

雖然眼前所能看到的只有毫無人跡、黑漆漆的森林。

但是，我現在覺得腳下的草、身後的樹木，都是我的同伴。

（好了……先把情緒冷靜下來，再好好確認一下周圍環境吧……）

如果可以發現一些記號，一定有辦法走回原本的路才對！

我鼓起勇氣，拿著手電筒照著周圍。

那邊雖然長了很多看起來很像的樹木，但仔細一看，能發現前面有兩條小徑延伸出去。

左邊的樹叢前端，有個往上方的緩坡。

而右邊則是往下的陡峭斜坡。也就是說，往右邊走，可能會比較危險。

後面的話……乍看之下似乎有路可以走。但是越往裡面，就越多長得很高的草叢，要是走進去的話，就不知道接下來會是什麼路……

看清楚周圍的環境後，我的腦袋也稍微冷靜了一些。

雖然山裡沒有任何路燈，但令人意外的是，並不是完全什麼都看不見。

這是因為還有從天上照下來的月光吧。再加上手電筒，所以我還是有辦法看清楚周遭的環境。

（如果要走的話，就該選前面的其中一條路吧……？但是，哪一條路才是正確的呢……？）

如果走錯路，說不定狀況會變得更危險。

所以用猜的來選擇，是很危險的。

但話又說回來，一直停在這邊也不是辦法……！

——這座山以前有人失蹤過喔。聽說是小孩子被鬼怪抓走，才會突然下落不明！

這句話突然重新在我腦海裡出現。

嗚……

這種時候為什麼要想起松武二人組說過的話啦！

（才沒有鬼怪，才沒有鬼怪……）

我把這句話當成咒語般不斷默唸，想靠著不去思考，讓雙腳往前走。

但要是真的有鬼怪，又該怎麼辦？

我才不要永遠被困在這個寂寞的森林裡……！

但現在腦中充斥著討厭的想像，反而讓整個身體更加無法行動。

這時——

咔沙咔沙

突然後面傳來一陣聲響。

12 救星降臨！

「！」

我反射性地轉身向後看。

同時，眼前跳出來的東西是，

——白色的，影子。

（呀——！有鬼啊——！！！）

我在心中喊出無聲的慘叫，當場雙腿發軟癱坐在地上。

神啊，佛祖啊，媽媽啊！！

拜託你們救救我啊！！

我還有沒有完成的夢想啊！

我最大的夢想就是從高處跳進一整座泳池大的布丁裡啊！

我抬起雙手遮住臉，並且緊握著手，拚命祈禱自己能逃過一劫。

「咦？圓圓？」

我聽到的不是鬼怪對著我說：「我好恨啊～」……

而是突然傳來，溫柔的聲音。

（圓圓……？）

這個稱呼聽起來很熟悉。

我一邊抬起頭，一邊害怕地看過去。

在暗處所看到的是，黃色圍巾。

還有顯得略長的白色衣服，與綠色的變色龍……？

「小……小理……!?」

我維持著雙腳發軟站不起來的狀態，呆看著眼前的小理。

而小理也瞪大著眼睛，看著我。

「圓圓，妳怎麼了？為什麼會在這裡？」

小理皺著眉露出擔心的表情，快步靠近我。

（我得救了嗎……？還是說現在只是看到幻影……？）

總覺得自己已經分不清楚現實了，我只是抬頭張著嘴，呆呆盯著小理。

「圓圓？」

「那……那個……」

我現在很難把話講清楚。

反倒是眼中深處，有一種東西要衝出來。

然後我的眼淚就流了出來，整個視線也跟著變模糊了。

（啊，果然眼前看到的是幻影吧？因為，小理怎麼可能會在這裡嘛……！）

就在我這麼想的時候——。

「——已經沒事了喔。我會保護妳喔。」

耳邊傳來的溫柔話語聲。

接著，我覺得身體被溫暖地包圍了起來。

（難道小理……現在正抱著我……？）

雖然這讓我很驚訝，可是感覺舒服又安心。

他溫暖的手，也輕摸著我的頭。原本凍結住全身的不安，現在就像是假的一樣，全都消失不見了。

「我……我跟丟了……所以迷路了……不知道該怎麼辦……覺得很害怕……」

「原來是這樣啊，圓圓一個人努力撐過來了喔。」

我斷斷續續說著話，小理則是溫柔地點頭回應我。

他現在正耐心地等我恢復平靜。

他接近我身邊，雙手捧住我的臉。

「圓圓，不要再哭了。」

「嗯……」

用手指擦掉我的眼淚後，我才終於可以看清楚他的臉。

噗通。

就在我跟他對望的同時，我的心跳猛然加速。

平常總是很悠閒的小理，就像是變成我不認識的男孩般，站在我的面前。

他的表情好堅強、好可靠。

光是看著他，就快讓我無法呼吸。

「……謝……謝謝小理，我已經沒事了……」

在不安感消失的當下，我的心跳又因為不同的原因而開始加速。

因為實在是太害羞了，所以我慌張地站了起來。

「圓圓，妳的手，好冰喔！」

小理突然，握住我的手。

被這個舉動嚇到的我，整個人傻住。

「手……？」

這麼說來，我的手好像凍僵了。

不但發著抖，還有些不聽使喚。

「身體會變冷，是因為身體在危急狀態時會讓血液循環變差。這是為了讓身體更有效率地運作，而讓血液集中在血管較粗的部位。所以溫暖的血液，才無法流到全身。」

小理一邊講解，一邊把自己的白色外套脫下來披在我的肩上。

然後他還把圍巾取下來，仔細地圍在我的脖子上。

「好了，這樣就ＯＫ了。必須優先保暖的身體部位是內臟周圍和分布著較粗血管的大腿。還有就是脖子這邊，有圍巾圍著，就是既科學又正確的防寒方式囉。」

小理微笑地說。

我的手摸著脖子上溫暖的圍巾。

「但……但是小理也會覺得冷呀！我至少也要把圍巾還給你──」

「我沒事的。」

小理態度堅定地這麼說，然後握著我的手。

「只要圓圓在我的身邊，我的心裡就會變得暖呼呼的。所以我一點也不覺得冷喔。」

我的手接觸到他的手。

他的手很溫暖，甚至還將這股暖意直接傳到我的手上。

「……真的耶，小理的手好暖和。」

「對吧？其實是我的肌肉比圓圓還要結實的關係喔。肌肉不但可以讓身體強壯，還可以使身體產生熱，幫助人體保持體溫。所以肌肉越多的人，身體就越不容易變冷。這就是我常常把小龍放在肩上鍛鍊的緣故吧。」

小理這麼說的同時，還故意擺出用力秀肌肉的姿勢給我看。肩膀上的小龍也用很想睡的表情，配合小理的動作張開大嘴。

「呵呵。」

我忍不住笑了出來。

看著細心的小理再度展現出他特有的性格後，我也完全恢復精神了。

小理這個人……簡直就像是閃耀的太陽光。

只要待在他的身邊，不管是內心還是身體，都會覺得暖洋洋……

（……啊！對了）

我忽然想起一件重要的事。

接著，我把松武二人組和小計吵架、我在山上迷路……等等，所有「突如其來的狀況」告訴小理。說完後，我發現身邊的空氣開始變得比較暖和。

大概是小理這個總是悠閒自在的人在身邊的關係，全身也變得更加放鬆了。

雖然小理可能沒有刻意這麼做，但我認為這就是他厲害的地方。

（和佐的事也對小理說吧！小理獨特的個性能幫到我……）

……啊！

「對了，還有和佐的事！」

我才剛說出口，小理的表情也跟著變得失落。

「其實我是出來找和和的。我們大家原本走得好好的，但和和好像因為臉上碰到她最討厭的昆蟲，所以嚇得跑離原本的路線了……圓圓，妳有看到她嗎？」

我搖搖頭表示自己沒看到。

「我是因為要追我們組裡的阿松、阿武。他們兩個說要去把和佐找回來，才會擅自跑掉……」

「原來是這樣呀。那我們得快點找到他們三個人才行呢……」

小理似乎在思考些什麼，低頭閉上眼睛。

過了一會兒，小理說了聲「好」後，又把頭抬起來。

他充滿自信地微笑著。

看到他的表情，我心中神奇地產生能度過這次大危機的信心。

雖然學校裡的三名朋友在山上失蹤，我自己也才剛剛平安無事。

但小理果然厲害……！有他在，我就是相信「絕對不會有問題的」！

13 夜空中的指南針

「那麼，我們先往上爬吧。」

小理用手指著左邊的緩坡，提議往上爬。

雖然現場一片漆黑，讓人很難確認腳下的情形，不過小理走起來卻相當輕盈。

畢竟他很習慣在山裡走來走去。

「這邊要小心腳下，因為有很大的樹根喔。圓圓，妳先抓好我吧。」

「嗯，謝謝！」

在小理可靠的幫助之下，我平安地爬上斜坡。

抵達的地點，是一處平坦寬廣的空地。

樹木比剛才那裡還要少，而且多虧了明亮的月光，讓我能看清楚現場的情況。

「和和跟松武他們一定還沒有走遠，我想應該還是位於健行步道的附近才對。」

小理打開地圖。

「我們現在正在這裡。我從這個地點出發，往東南方走二百公尺就發現了圓圓。所以我們先往北方……」

「等……等一下！」

我著急地插嘴：

「往北方？要往哪邊？要怎麼知道哪裡是往北方啊？」

因為我們又沒有手機或指南針啊。

而且這裡是山上，能看到的只有樹木跟草叢，沒有任何路標指示要往哪邊走。

我們果然還是迷路了……！

「圓圓，沒問題的。」

相較陷入不安情緒的我，小理看起來非常冷靜。

接著，我看到他笑瞇瞇地用食指往上比。

「因為**星星**們會告訴我們，該走的路。」

咦？星星……？

我聽不懂小理在說什麼，但還是照著他手指所比的方向往上看。

而上面的就是——

「哇……！」

滿天的星星。

數也數不盡的星星，妝點著藍色的夜空，而且正閃閃發亮著。

（好棒喔……我第一次看到這麼多星星在天上！）

美麗的星空漂亮到讓我屏住呼吸。

跟我家附近的夜空，完全不一樣。

沒想到會有這麼漂亮的星空……！

「從秋季到冬季的這段期間，乾燥的空氣會讓星空顯得特別清楚，再加上山裡沒有人為光源干擾，所以我們才可以把星星看得很清楚喔。」

小理一邊望著星空，一邊瞇著眼睛露出笑容。

明明有這麼漂亮的星空，我過去卻完全沒有發現。

這次的夜遊活動裡，我也只是像平常一樣，跟小優邊走邊聊天而已。

或許我到現在為止，都像這樣錯過許多漂亮的景色。

越是這麼想，就越覺得可惜。

「嗯……？但是星星要怎麼告訴我們，該走哪條路？」

小理雖然剛才是這麼講……

看到只是歪著頭一臉疑惑的我，小理對我說：「妳看那邊。」並且用手指著夜空中的某一處。

「有沒有看到那邊有五顆比較明亮的星星？如果用線連起來的話，就會變成英文字母的『M』字。」

「呃……啊，是那個吧？」

我馬上就找到小理說的那些星星。

那些星星真的比其他星星還要亮。

用線連起來後，就成了有點往右邊傾斜的「M」字了。

「那是**仙后座**。只要我們能發現仙后座的位置，就等於已經確認方位了。」

「咦？為什麼？」

為了不看丟仙后座，我一邊用視線緊盯著仙后座，一邊開口向小理提問。

小理似乎要配合我的視線，將自己的臉靠近我的臉旁，再度指向仙后座。

「跟妳說喔，我們先想像那個M字上面的兩個頂點從上方延伸出直線。線要從頂點延伸出去，而且要很筆直喔。」

我照著小理的指示，想像天空中的 M 字左邊的頂點拉出直線。

「接著，再想像另一個頂點也拉出直線向上延伸，讓這兩條線像是要互相碰到彼此一樣，筆直延伸出去。要看好兩條線碰在一起的地方喔。」

「從頂點延伸出去的直線，互相碰到的地方……」

大概就是這裡了吧？

我的眼睛完全不敢眨，盯著兩條線互相碰到的那一點。

「再下一個步驟就是從那個點向下延伸出另一條線，並且穿過 M 字中間的那個凹谷。一樣也是延伸出筆直的一條線喔。」

我依然照著小理的指示，想像自己在夜空中畫出一條線。

穿過 M 字的凹谷，還要是很直很直的線。

在我這麼思考的當下……

「停！」

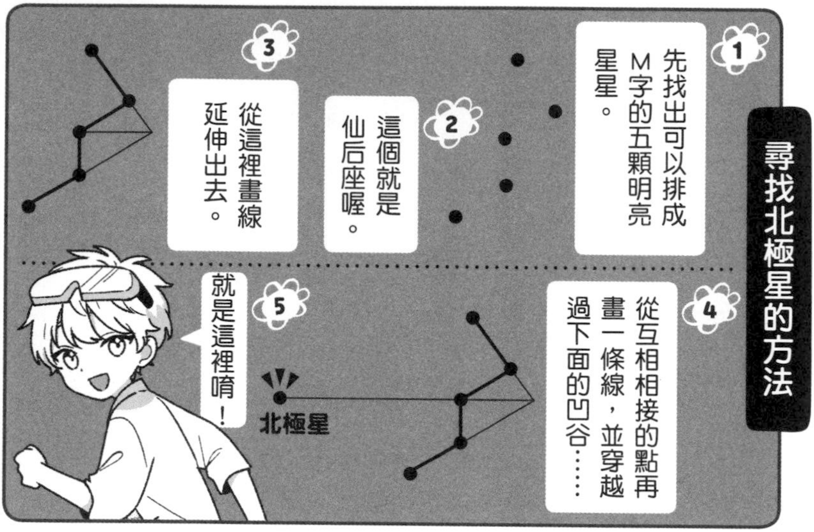

隨著小理命令聲，我的視線也停了下來。

「現在是不是看到一顆很亮的星星啊？」

「……嗯！有看到！」

真的像小理說的那樣耶。

那個位置真的有一顆更亮的星星，在那邊閃爍著。

「那顆星星就是**北極星**，也是可以確認方位的記號喔。」

「……北極星？」

嗯～，這我沒聽過耶。

我只聽過火星、金星這類的……

「圓圓，看這裡。」

小理突然在原地蹲下。

他拿起腳邊的樹枝，並且在地上畫畫。

「地球就像陀螺那樣有一根軸在中心，使地球不停地旋轉。從北極點到南極點直直地通過地球，我們稱為『**自轉軸**』。」

小理畫出一顆圓圓的地球，而且還被一根棍子通過。

然後，地球的旁邊又多畫了代表太陽「☀」跟月亮「☾」的標誌。

「假設圓圓站在地球上的這個位置，圓圓就會隨著地球的旋轉而靠近太陽、月亮。而在地球背對著太陽跟月亮時，圓圓就會看不到太陽、月亮。而這種現象也會發生在大部分星星上。所以隨著時間的推移，圓圓也必須在不同的方位才能看到星星。但是……只有北極星不同，它幾乎不會受到這種現象的影響。」

小理又用樹枝畫了星星「☆」的標誌。

這個星星標誌就畫在通過地球的棍子正上方。

「北極星就剛好在自轉軸的頂點，也就是北邊的方位。由於是位於軸上，所以在地球任何一個地方都能看到它。換句話說，北極星是一顆始終都位於北方的星星。」

一直都在北方的星星。

聽到這個話後，我忽然想起三年級上的自然課，那時有學到指南針[註]。

圓盤裡面的針像時鐘一樣旋轉，塗了顏色的箭頭一直往北方指著。

「總覺得這顆星星好像指南針喔。」

我隨口說出這個感想後，小理突然站起來，兩眼明亮地閃耀著。

「對！北極星簡直就像是『**夜空中的指南針**』！」

「夜空中的指南針……！」

這句話唸起來還真是動聽啊。

簡直讓我的內心感動不已。

就算沒有工具，光是看一下夜空中的星星，就能馬上知道方位。

而且只要知道方位……剩下的步驟就是看地圖，並且知道該往哪個方向走了！

「小理，我們走！一起去找他們三個人吧！」

我現在恢復了精神，還很有力氣地抬起右手來鼓舞士氣。

也可以用「北斗七星」作為識別記號來尋找北極星喔。不過，北斗七星在秋冬時比較難發現，所以建議多學一個仙后座的尋找方法，一起配合使用會更方便喔！

註：指南指上的箭頭一般都指著北方。指南針的前身是「司南」，司南的形狀像是一個勺子，是根據北斗七星做的，而古代人們是根據北斗七星找到北極星。而司南的勺柄是指向南方，後來才發明指南針。

14 搜救，開始！

「我預測三位同學的位置，就在健行步道的二百公尺以內。」

小理邊走邊拿地圖給我看。

「如果從這邊再繼續往裡面走的話，只會碰到草叢更茂密的地方，他們看到了應該會往回走。所以我們要找和和跟松武，就從健行步道附近的二百公尺以內尋找吧。」

我點頭贊成小理明確的提案。

我發現自己一個人走在山裡時，也會陷入不知道往哪裡走的情形。

所以我也認為那三名同學應該不會跑太遠。

決定好移動的方向後，我與小理稍微走了一會兒。

「……啊，有水流的聲音。」

小理忽然停下腳步。

經他這麼一說，好像可以聽到附近有小河的流水聲。

「應該是附近的河吧？而且不是問答對抗賽附近的大河，應該是更小的河流吧？」

「河川啊……」

聽到河川，我忽然想起一件事。

「啊，我之前有聽過一件事。『在山裡迷路時，可以先沿著河川找路』。沿著河川走，就有辦法走出山林……」

我說完後，小理馬上搖搖頭。

「不對喔，其實這不是正確觀念。」

「咦？不是正確的嗎？」

「對啊，因為沒有人修築步道的水邊，其實充滿了危險。而且沿著河川走也有可能會遇到瀑布，瀑布旁的地形通常又會是懸崖或陡峭的坡面，若是勉強自己繼續往下走，發生的危險就不是只有受傷而已喔。」

小理用非常認真的表情這麼說。

他說的話也讓我嚇得目瞪口呆。

小理說的沒錯，如果我沿著河川走，最後卻是看到瀑布，那我一定也會不知道該怎麼辦……

「不過，和和她們要是聽過這種說法，或許有可能會沿著河川走……」

小理一邊這麼說著，一邊把視線看往手上的地圖。

「大河川是在這邊，有支流分出來的話……就是從這裡，也就是更北邊的方向吧？」

「呃……北邊……」

我抬頭看向夜空，想尋找北極星。

用剛才學會的方法，我可以確實地從相同的天空中找出最閃亮的那顆星星。

「北邊是那邊吧！**北極星！**」

我往天空指著，小理也開心地鼓掌。

「哇，圓圓好厲害！剛剛才學過，就能很自然地運用了！」

他突然誇獎我，讓我嚇了一跳。

「咦？學？」

「就是『夜空中的指南針』呀！這個天文知識是小學生的自然課範圍，以後也一定能在考試中幫妳拿分喔！」

小理笑笑地這麼說。

（對喔……剛才「夜空中的指南針」，就是在自然課的範圍！）

我心裡很開心，所以又再次抬頭看著北極星。

……總覺得好不可思議喔。

我一直以為的「學習」，是在書桌前看著課本、默背課文、解開題目。當我聽到「學習」時，也會反射性地認為自己「很不擅長！」。

但是……學科男孩們讓我知道「學習」其實很有趣。

因為跟他們只是很普通的對話，就能在不知不覺間「學習」到知識。

聽他們訴說課本相關的事，就像聽著讓人點頭佩服的有趣故事。

本來一直不知道的事情，因為他們的解答而變得更瞭解，這種心情真的讓人感到很快樂。

（難不成我其實並不是不擅長唸書……？）

想是這麼想啦，但我這樣好像又有點得意忘形了。

我在心中這麼反駁自己，讓我忍不住「呵呵」地笑出來。

我們以北極星為目標，在路上試著想找到河川。

「……咦？」

我忽然發現眼前有個東西。

一開始我以為自己看錯，還先揉揉自己的眼睛。

在前方數公尺的距離，那個暗暗的樹根旁。

感覺好像有某個黑影靠在那邊……

「……圓圓，為了保險起見妳還是先躲在我後面，說不定那是野生動物。」

小理為了保護我，身體往前站了一步。

我們很慎重地不發出聲音。

一邊接近，一邊用手電筒往樹根方向照去。

就在那一瞬間——。

「——**和佐！**」

我忍不住大聲叫道。

我看到一個戴著眼鏡綁著辮子的矮個子女生，正蜷曲在那裡。

她淚眼汪汪地往我們這邊看。

「小……小圓！自然同學……！」

「已經沒事了喔，和佐！」

我馬上衝到她的身邊。

和佐整個人都在發抖，並且緊貼在我的身邊。

「我……我因為昆蟲的關係，嚇一跳而跑走……然後手電筒的電池突然沒電……結果覺得很害怕……連雙腿都站不直了。我以為自己已經不行了……」

和佐說話斷斷續續的，而且還很小聲。

一個人待在山裡，應該嚇壞了吧。

想到這裡就讓我覺得很心疼，所以我用力抱緊身材嬌小的她。

「和佐不要怕，我剛才雖然也一樣迷路了，但被小理救了喔。」

「咦，自然同學……？」

「小理很厲害喔。他不但可以用星星尋找方向，而且爬斜坡也輕輕鬆鬆的，真的很可靠喔。有他在，我們一定可以安全回到住宿地！」

我稍微離和佐一點距離，把圍在自己身上的圍巾拿下來後，再圍到和佐的脖子上。

「這個禦寒方法也是小理教我的，他說是要讓脖子覺得溫暖喔。」

當我笑著這麼說後，和佐的身體也自然地放鬆下來。

「好溫暖……嗚嗚……剛才真的好可怕……！」

和佐哭得滿臉都是眼淚。

我又再次抱住和佐，試著緩和她的情緒。

（太好了，和佐沒事，真的太好了……！）

「對不起……明明我一直要求自然同學不要擅自行動，否則會出事……結果卻是我給別人添麻煩……」

正哽咽著的和佐，對自己的失誤覺得很愧疚。

這時，小理走到我們的身邊蹲下來。

「添麻煩？沒有喔，和和一點也沒有添麻煩唷。」

小理看著和佐的臉，露出微笑。

然後，他伸手拿出黃色小花給和佐。

「妳看，這是待宵草，是只有在黃昏時才會開的花喔。它的花朵跟莖、葉相比顯得很嬌小。如果跟著大家一起走，我肯定不會發現到待宵草。多虧有突發狀況，我才有機會看到待宵草喔！」

和佐接過小理手上的花朵後，睜大眼睛欣賞著。

「好漂亮……」

聽到和佐忍不住讚嘆待宵草，小理立刻回答：「就是說啊！」

「除了有晚上才會開的花，也有很多晚上才會鳴叫的昆蟲和夜行性動物唷！白天的自然環境雖然很好玩，但也有很多只能在夜晚的山上遇見的生物！所以……」

小理突然停住不說話。

我跟和佐用有些不安的表情互相看著。

「小理，你怎麼了？」

「嗯……那個嘛……」

小理聽到我這麼問他，用有些猶豫的態度回答：

「……妳們應該覺得現在這個情況很讓人困擾吧？……不過，只要能好好學習自然的奧妙，就會發現真的很有趣，而且還能看到很多壯觀的風景。……所以，希望圓圓還有和和，不要討厭大自然喔。」

小理對大自然的愛，全投注在自己所說的話裡。

所以我也馬上回應：「當然不會！」

「你告訴我的夜空中的指南針，真的很有趣喔！而且山上的星空也很漂亮！我也希望下次能跟小理一起在大自然中散步，聽你講更多有關大自然的事！」

在旁邊聽著的和佐，也怯生生地跟著點頭。

「雖然很可怕……但幸虧有你們來找我。真的很謝謝你們。」

和佐手裡拿著待宵草，微微地笑著。

一瞬間，小理也爽朗地笑開來了。

「太好了！真的太好了呢，小龍！」

小理抱著小龍，看起來非常開心。
我跟和佐互相看了一眼，也忍不住地笑了。
我的心中好感動，感覺好溫暖喔。
到剛才為止還一直在哭的和佐，現在也發自內心地笑著。
（小理這個人……果然像太陽一樣啊！）
大家只要接近他，就會一起展開笑容。
既明亮又溫暖，就像「光」一樣！

15　會合！

「好了，剩下要找的是松武二人組吧？」

「嗯。我們的策略也是照剛才那樣進行。範圍就是這裡附近……」

我們三人現在要尋找松武二人組，所以又再次看著地圖討論搜尋範圍。

閃亮。

「嗯？」

好像有一瞬間，從漆黑的樹叢裡看到一道光閃過。

「欸，我剛才有看到光喔！就在那邊！」

我直接拿起手電筒照過去。

這時，光源突然增加為兩個、三個。

光源變多了，雖然閃來閃去的，但可以看清楚有好幾道光源。

「好像有人在那邊！我們過去看看！」

我們一邊留意腳下安全，一邊盡快趕到光源的所在地……

一路上拖著沙沙的腳步聲。

直到接近時，才終於看清楚人影……

「……小計!?」

看到臉的那一瞬間，我忍不住大喊他的名字。

「哇，小詞跟小歷也在耶！」

原來拿著手電筒發出光的人是小計、小詞、小歷。

「小圓！太好了！」

小計用非常強烈的氣勢衝過來，兩手啪地抓著我的肩膀。

「妳沒有出事吧!?有沒有受傷!?」

小計說話不換氣，霹靂啪啦地問我問題。

見到他拚了命問話的模樣，我整個人都嚇傻了。

「嗯…嗯……我沒受傷，沒事喔。雖然跟大家走散了，但還好遇到小理。然後我們也找到和佐了。」

「這樣啊……」

小計「呼」地一聲。

他看起來真的打從心底鬆了一口氣。

（小計是真的很擔心我……）

我認真地看著他，但小計像是驚覺到什麼似的，放開正抓住我的肩膀的雙手，接著扭過頭不理我。

「小圓，妳能平安無事，實在是太好了。」

「我們聽小計說小圓失蹤時，就急著趕來這附近。哎呀～還好最後有找到妳呢。」

小詞和小歷溫柔地笑著。

我也鬆口氣地向他們道謝。

「謝謝大家來找我們！……接下來還要找松武二人組。」

「他們已經不是問題了。」

小計馬上這麼回答。

我「咦？」地疑惑道。

「不是問題是什麼意思？」

在我驚訝的同時，小計也用眼角瞄向自己的身後。

於是我的視線也看往相同的地方。

然後……

「……呃……嗨，花丸。」

有兩個人影坐在大樹根旁。

一個是模樣有些狼狽的阿松，舉起手跟我打招呼。

另一個是在旁邊，面露苦笑的阿武。

「其實我們也是在剛才找到松倉跟武智。」

正當我對這個情形感到一頭霧水時，小詞就對我這麼說明了。
還好他們兩個人沒事！
一看到他們兩個平安無事，我也終於鬆了一口氣。
（真受不了你們，有夠會給人找麻煩的……！）
雖然心裡很想這樣對他們抱怨，但想想後還是算了。
因為我這次也是迷路的人，實在沒有立場說別人嘛。
「好啦～，全部的人都找到了。順便一提，小優已經和前一批出發的小組一起回住宿地點了。
現在我們回去吧！」
隨著小歷的宣布，大家都笑著點頭。
「小理，你知道住宿地點的方位是哪邊嗎？」
「嗯，交給我吧！現在我們在這裡，往西南方步行約一百五十公尺，就可以走回健行步道囉。」
四名學科男孩拿著地圖，開始討論起回程的路線。

松武二人組則是乖乖坐在樹根旁，沒有隨便亂動。

畢竟這種時候還是識相一點比較好吧。

「好啦，阿松、阿武，我們要出發囉。」

「啊？嗯。我知道了……」

我催促著他們，發現阿武動作遲鈍地站起來。

但我總覺得他的樣子有點怪怪的。

他的頭低低的，還抓著自己的手臂。

「好痛……」

「咦？你是不是受傷了啊？」

「啊～……其實我們兩個在山坡一起滑倒，有點摔到了……」

阿武抓著自己的頭向我解釋。

這麼說起來，他們的衣服沾到泥土跟樹葉。

「不過也還好啦，我只有手臂撞到樹根，沒什麼大礙。倒是阿松的腳比較嚴重……」

阿武有些在意地看向阿松的腳。

「阿松，你的腳還會痛嗎？」

「只是有一點扭到。這點小傷，看吧，還可以走路的。」

阿武有些滑稽地聳肩給我看。

雖然他們可以抓著樹幹勉強站著，但搖搖晃晃的模樣還是讓我很擔心。

「真的沒事嗎？不要太勉強喔……」

「沒問題啦！比起在乎我們受傷，花丸還是去照顧進藤比較好。」

「但是……」

在我跟阿松爭論時。

「來吧。」

小計突然走到阿松的身邊，拉著他的手搭在自己的肩膀上。

「走吧。」

小計依然露出愛理不理的態度。

不過阿松對小計的行動有些驚訝，只是睜大雙眼點頭說：「喔……好。」

「……呃，數學。抱歉了。」

「這又沒什麼。」

「……嗯。謝啦。」

就這樣，阿松搭著小計的肩膀，慢慢地往前走。

我們全員排成一列，走在山路上。

隊伍以小理為領隊，後面依序是小計和阿松、阿武、我和和佐，最後則是小詞跟小歷。大約步行五分鐘後可以離開健行步道，然後只要順著道路走，應該就會到達住宿地點。

終點就快到了！

（雖然不知道回去後會怎麼樣，但大家都能平安無事真的是太好了！）

可能是因為跟大家在一起的關係，總覺得身體變得更有力氣了。

雖然我現在很累，但還是可以再繼續撐下去！

我提起幹勁，一步一步向前走。

「……」

這時阿武忽然湊到我的旁邊。

阿武像是不想被人看到一樣，接近我的身邊小聲地對我說悄悄話：

「喂，花丸。跟妳說一下數學的事。」

咦？要說小計的事

「其實，數學常常找我們吵架……我猜啦，可能是因為我們取笑妳的關係。」

「欸？」

我訝異地發出聲音。

然後，阿武有些不好意思地搔著頭繼續說：

「煮飯那時候，數學不理我們的原因也是這樣。因為阿松說妳的壞話……我們只覺得開個玩笑而已，但數學不但把話全聽進去，還當場對我們發脾氣。因為他為了妳突然對我們發脾氣，所以我們也跟著火大了起來……但現在我覺得是我們不對。」

阿武看著小計，然後繼續說：

「所以花丸，妳就快點跟數學和好吧。」

「咦……」

「野炊時，妳們去拿水，不是吵架了嗎？那個隨便看都知道妳們怎麼了。」

阿武拍拍我的肩膀後，就小跑步到阿松他們的旁邊了。

我掩飾自己的驚訝情緒，偷偷看著正扶著阿松向前走的小計。

（原來是這樣啊……小計會跟松武二人組吵架，就是為了幫我說話……！）

知道這個讓人意外的事實後，也明白小計為什麼會對我說「跟妳沒關係」了。

以小計的個性，如果吵架的理由是因為我，他一定不想讓其他人、甚至是我本人知道。

（不過這樣讓我安心多了。我還以為小計不相信我，才不想告訴我吵架原因。）

心裡那層陰霾終於散去了。

現在換成豁然開朗的溫暖感覺籠罩著全身。

（好想向他說謝謝喔……）

但是，如果現在就去向他道謝，可能會浪費掉小計不惜當壞人也要幫我說話的心意。

難得小計對我這麼體貼。

雖然沒辦法直接道謝……但那份心意，我會確實記在心裡。

（……小計，謝謝你。）

看著小計向前走的背影，我在心裡默默地向他道謝。

——這時。

小計回過頭瞄了我一眼，直接跟我互相看著。

噗嗵。

我的心臟微微地鼓動。

小計看了我數秒鐘，又把頭轉向前面了。

（怎……怎麼回事……？這邊有點悶悶的……）

我的手摸著胸口，好像有種癢癢的奇怪感覺。

雖然感覺很怪……但不是讓人覺得不舒服的感覺。

是我以前沒有過的感覺，輕飄飄的很不可思議。

（……好奇怪喔。）

我不由自主地用手捂著嘴，並且一直盯著小計的背影。

16 內心怦怦跳的營火晚會！

「唉……真是倒了大楣……」

我在住宿地點後面的廣場角落嘆息著。

雖然大家平安回到住宿地點，不過緊接著的就是老師一頓訓話。

當然不用老師教訓，我們也知道在夜裡的山中走失，只要有一點差錯就會全體出意外。

這次會被罵到臭頭也是難免的……

但我的身心根本已經累垮了啦。

「小優，謝謝妳幫我們講話，不然老師可能會訓話更久……」

「不用這麼客氣。比起這點小事，大家平安才是最好的結果。小圓就轉換一下心情，好好享受接下來的活動吧。」

「嗯……說得對！」

我跟小優站在一起，看向遠處熊熊燃燒的營火。

第二天最後的活動就是營火晚會！

大家會圍在營火旁，一起唱著〈燃燒吧〉跟百天小學校歌。

唱完後，大家可以各自找好友聊天、跳舞，一起為這次的活動留下美好的回憶。

另外，營火晚會背景音樂可以由咖哩比賽的優勝班級選擇流行音樂或動漫歌曲。

不過，最後我們這組和小歷他們那組都沒有獲選為頂級的優勝咖哩。

「雖然出了一些狀況……不過戶外教學真的很有趣呢！」

我這麼說完後，小優也點點頭說：「是啊。」

「明天就要回去了，感覺好落寞喔。」

「對啊！真想每天都參加戶外教學喔。」

「哎呀，那妳不怕每天都吃不到布丁嗎？」

「欸，當然怕啦！明天還是早點回家好了！」

我和小優互看了一眼，一起哈哈大笑。

這是我小學時光裡，第一次也是最後一次的戶外教學。

可以整天跟好友們在一起，體驗平常學校裡學不到的事物，也因此擁有了重要的回憶。

還有也看到學科男孩們，平時我沒看過的模樣。

「真希望下次我們還可以一起旅行！」

「是啊。到了六年級，我們還有一次畢業旅行喔。」

「咦～！那不是要到一年後才行嗎？我等不及了啦！」

我們兩人七嘴八舌地聊起天來了。

「——喂，你等一下嘛！」

突然聽到附近有人大聲說話。

往聲音的方向一看，原來是松武二人組手勾著小計的肩膀在吵鬧。

「欸，數學！我們都是一起迷路的好兄弟，大家感情好一點嘛！」

「我才沒有迷路！別把我跟你們算在一起。」

「哈哈哈！你還是一樣很難相處耶！」

大笑著的二人旁，是一臉不耐煩的小計。

（哇～。再這樣下去，小計又要發飆了吧？）

我害怕地在一旁看著……但仔細一看，好像也不是在吵架耶。

雖然小計看起來覺得很不耐煩，但總覺得他的表情中又有點開心。

（欸……說不定小計跟松武二人組意外地很合得來喔！）

營火的橘色火光，照出這三人的嬉鬧身影。

看著這個景象，我忍不住笑了出來。

本來我還在擔心小計跟班上的同學處不來……但看到現在這個樣子，應該已經沒事了。

「——對了，數學。你後來有被女孩子告白嗎？」

忽然，阿武看著小計這麼問道。

這個問題讓我嚇了一跳，也讓我專心偷聽他們三人間的對話。

（小……小計被女孩子告白……這……這不會吧！可是，如果真的有人告白的話……）

小計雖然嘴巴很壞，但是長得很帥，而且有時候會意外地體貼。
而且也跟其他學科男孩並列「最想成為男朋友排行榜」上的第一名。
我在意的同時，小計則是一副無奈的模樣對他們聳聳肩。
「什麼啦？你們還在講這件事啊？」
「當然要講啊，要比賽就是要比出勝負吧？」
「快說啦，要從實招來喔。」
「就說我沒興趣了！喂！別擠我的臉啦！」
小計用手撥開他們兩個人的手。
但是，松武二人組越是煩小計，他們就聊得越開心。
「一臉悶悶不樂的樣子。反正我大概也猜得到數學的情況了。」
「別覺得害羞嘛，我們很懂你想隱瞞的心情啦。」
噗通。
我屏住氣息，更加集中精神仔細聽。

結果是什麼？還有想隱瞞什麼？

這……難道是……！

「我才沒有想隱瞞——」

「你跟我們一樣都是『零人告白』！」

……咦？

「因為這次的戶外教學，你不管是行動還是睡覺都只跟我們混在一起。」

「尤其熄燈時看到你戴上眼罩、耳塞才睡覺，簡直是嚇傻我了。」

「對對！那超爆笑的！」

「你們很囉唆耶，我想怎麼睡都可以吧！」

小計紅著臉，轉頭不理他們。

（什麼嘛。果然沒人向小計告白！）

這麼說起來，昨天小七七說過女生之間有什麼「絕對禁止出手令」之類的。

我鬆了一口氣後，又把視線轉到營火上。

（……嗯？）

我歪著頭。

奇怪？

為什麼我要鬆一口氣呢……？

「喂！阿松、阿武！快過來這邊！」

「好啦！」

「那數學！等一下再見啦！」

松武二人組被其他男孩叫走後，就一路吵吵鬧鬧地離開了。

當我還有些恍神地看著小計時——小計忽然往我這邊看。

「啊……」

我們兩個人彼此互看，有一瞬間氣氛變得很尷尬。

除了夜遊迷路時偷看小計的狀況之外，自從野炊時吵架以來，我到現在終於能平靜地看著他。

（怎麼辦。雖然想跟他和好，可是不知道要怎麼搭話才行……）

在我們彼此僵持了數秒時——。

「唉～。結果竟然沒有女孩向我告白～」

後面傳來小歷的怨嘆聲。

就連小詞也走在他的身旁。

「所謂『愛之深，責之切』，太多不合理的愛慕並非好事。基本上這種數字方面的競爭，會給人不正直的印象。」

「這是兩碼子事吧？我不但想要受到女生歡迎，也會對心上人很忠心喔。」

聽到小歷沒頭沒腦的胡說八道，小優忍不住嘆了一口氣。

「社會同學，你還真是老樣子。『想要受到女生歡迎』的話，就無法跟『忠心』同時成立喔。」

「咦～是這樣嗎？可是我有自信能同時成立喔。對不對啊？小圓？」

「欸!?你問我，我也不知道呀！」

小歷若無其事地插著腰講這些話，我只能苦笑地回應他。

神奇的是，小歷那麼自然的輕浮態度，卻又不會討人厭。

我內心有一半對他感到傻眼，另一半又很佩服他這一點。

「不過啊～假如真的被人告白，要不要接受也是會有點煩惱耶……**因為我們不知道自己能維持這種狀態多久。**」

小歷忽然低聲說著。

而且他的表情難得嚴肅，讓我有點被嚇到。

（不知道能維持這種狀態多久……也就是說他們的壽命或許有忽然結束的可能……）

才正覺得他的話將我拉回應該面對的危機時，小歷接著又說「不過啊～」。

「大家想一想，我們會變成人型，不就是神的決定？要是神在哪一天突然改變主意，會不會趁我在跟別人接吻時，故意把我變成大叔啊？換成我是那個被親的女孩，我一定會留下心理創傷的。」

接著，小歷嘆氣地傻笑。

現場氣氛也變得輕鬆許多，同時大家也對小歷的玩笑話感到哭笑不得。

（小歷真是的……不要把無聊的事講得那麼嚴肅。）

在我苦笑的同時，一旁的小優突然微微地嘆了一口氣。

（看吧，連小優也覺得傻眼。）

對凡事都很認真的小優來說，小歷那種輕浮的舉止很容易讓她看不下去。

小優雖然不知道學科男孩們的壽命問題，但已經知道他們不是人類了。但她是我唯一的朋友，而且還是很重要的好朋友，所以我很希望他們能好好相處……

「小圓。我要跟老師確認明天的行程，所以能先離開嗎？」

「啊，好。要不要我陪妳一起去？」

「不用了，我一個人沒問題的。我馬上就會回來。」

小優話說得很急，然後一下子就跑掉了。

總覺得她有點愁眉苦臉的……應該沒事吧？

正當我擔心地看著小優的背影時，小計突然問：「話說回來。」

「我從剛才就沒有看到小理耶，他跑去哪裡了？」

「咦？對耶……」

這麼說來，的確沒有看到小理。

平常學科男孩們像這樣聚在一起，都會四個人到齊。

大家不斷張望著想要找到小理，但看來他不在附近。

「或許，小理現在發生了什麼好玩的事喔～」

小歷一臉興奮地這麼說，我聽了也很感興趣地問：

「好玩的事是什麼？」

「總之我們先找到他再說。小詞、小計也一起找！」

隨著小歷的指示，我們開始分頭尋找小理。

我們沿著營火的周圍繞了一圈。

甚至從熱鬧聊著天的學生群中走出來到處尋找，也依然找不到小理。

（小理到底跑去哪裡了……？）

我漸漸擔心起來。

莫非他又對某種東西產生好奇心，又擅自行動了……？

「小圓，找到了！在這邊！」

我突然聽到小歷叫我的聲音。

（還好，終於找到小理了！）

接著小計、小詞也過來跟我們會合了。

我們四人一起遠離營火現場，往住宿地點的後面走去。

然後……

「啊！」

在那邊，我們看到兩個人影。

17 鼓起勇氣，和好吧！

那兩個人影是我們很熟悉的同學。

右邊的是小理。

而左邊是綁著辮子的小個子女生──對，就是**和佐**。

（奇怪……為什麼這兩個人會來到這裡？）

我們在樹叢間移動時，稍微聽到他們的對話。

「謝謝你在山上救助迷路的我。如果需要回禮的話，可以儘管告訴我……」

「不用了！只要和和沒事就好了。」

喔，原來啊。

是在講之前迷路時的事情。

知道理由後，我點著頭一臉「原來如此」的樣子。

「等一下。」

小歷停下腳步，並且阻止我們繼續前進。

「老師就在另一邊耶。要是被看到我們擅自遠離營火區域，可能會被叫去聽老師訓話的。」

「咦？怎……怎麼辦？」

「我已經不想再被說教了。」

「我也一樣。我建議還是到那邊先躲著好了。」

然後我們四個人到附近更茂密的草叢裡躲起來。

這樣老師應該就看不見我們了……

我心跳個不停，想找個好位置觀察小理他們。幸好眼前有葉片的間隙可以清楚看到小理他們的動靜。

而且聲音也能聽得很清楚，只是這樣我們簡直就變成竊聽狂了。

但就算知道這樣不好，我們現在也不敢亂動……

在我們不知道該如何是好的同時，和佐開始講話了。

「……老實說，我一直覺得自然同學做事很我行我素，會給團隊合作帶來不好的影響。也因為自然同學擅自行動，我們小組無法按照計畫完成既定行程。所以我一直很擔心戶外教學會被弄得一團糟……」

和佐低著頭說話。

至於小理，則是用很擔心和佐的表情聽著和佐說話。

「……看起來是在說嚴肅的話題呢。」

小詞在旁邊小聲地說。

現場氣氛有些緊張，讓我忍不住吞了一下口水。

（對了……我還沒有幫小理跟和佐解釋。小理我行我素的性格，其實也幫了我很多忙之類的……！）

在迷路時，本來想要晚點再向和佐解釋的。沒想到現在卻是和佐先跟小理講有關他的事。

「——**可是，我發現我錯了。**」

聽到這裡，我又「咦？」地停頓了一下。

錯了？和佐為什麼說自己錯了？

「我發現自然同學的很多行動，在結果上其實是想幫助大家。例如：農業體驗時，自然同學把自己弄得滿身都是土，當時祐奈的褲子後的臀部那邊也一樣都是沙土。祐奈後來告訴我，只有自己弄髒會很丟臉，但幸好有自然同學幫她解圍。我們這組的所有成員可以一直笑著參加活動，真的都是自然同學的功勞。」

和佐用認真的表情這麼說著，但小理卻很訝異地睜大眼睛。

「咦？可是我那時候沒這樣打算呀……」

小理用手指抓抓臉笑著說。

「我每次看到很有趣的東西就會不顧周遭的情況喔。而且我這樣擅自行動，真的有給我們這組添麻煩，所以我也知道自己該反省……」

「沒關係，不用反省也可以！自然同學，請你一定要繼續保持下去！」

和佐突然大聲講話。

她整個身體都往前傾，用更加認真的眼神看著小理。

「自然同學教會我『遇到麻煩時，只要轉換想法就能產生開心的回憶』的觀念。我很愧究自己因為迷路而給大家添麻煩時，看到自然同學的笑容後就打起精神來……所以，那個……我覺得自然同學一直以來的表現真的很優秀喔。我……我這樣說好像有點奇怪……」

總覺得氣氛有點不一樣耶。

和佐的臉不但變紅，動作看起來也有些不自在。

正當我疑惑現在是怎麼回事時。

「……這下麻煩了。也許這是不帶開玩笑成分的認真**告白**。」

小歷小聲碎碎唸。

（咦？告白!?）

我被嚇到肩膀都聳了起來。

（不……不會吧！和佐竟然對小理……!?）

我不由自主地緊盯著他們兩個人。

我只有在漫畫和電影裡才看過的告白場面。

怎麼辦……我好緊張啊……！

「好！我們別發出任何聲音，慢慢離開好了。再繼續偷聽下去其實不太好。」

聽了小歷的話，我才終於發現到這個問題。

（說得對！再這樣下去，我們真的變成竊聽狂了！）

更何況又是偷看別人鼓起勇氣告白，被知道的話，一定會被討厭的！

「快……快點離開這裡！」

我很慌張地拉著小歷的肩膀，小歷也慌張地說：「哇，等一下啦，小圓！」
小歷身體失去平衡，就快要跌倒了。
這時，在小歷旁邊的小計也發出「哇」的一聲。
「不要突然亂動啦，現在姿勢有點不妙……」
「請兩位冷靜下來。嗚哇，小計，為什麼抓住我的手……」
「不是我的錯！是小歷推過來……！」
「等一下等一下，我也站不穩了……！」
就在感覺眼前景象劇烈搖動的那一瞬間——

「自然同學！如果可以的話，請你……跟我當朋友好嗎！」

我聽到的是和佐的聲音。
在這個同時，

「嗚哇!?」

嘶沙沙沙——

躲在草叢裡的我們把草叢壓垮，全部的人都跌了出去。

這……這下糟了！

「咦？圓圓妳們在這裡做什麼？」

往我們跑過來的腳步聲很快就到達了，而且還加上這個顯得很驚訝的疑問。

我有些害怕地把臉抬起來，然後眼前看到的是一臉驚訝並張大雙眼的小理跟和佐。

我慌張地趕快站起來。

「對……對不起！我們不是故意要偷聽的，我們只是要找小理才會不小心闖進來。」

「怎……怎麼會這樣……怎麼會被看見，好丟臉喔……！」

和佐立刻害羞得紅了臉，就像覺得出醜一樣，眉毛也呈現八字形。

嗚哇～果然要被討厭！

就算不是告白，只是偷聽兩個人私下的談話，也會讓人討厭的吧。

「真的很對不起！對不起！」

「抱歉啦，和佐。」

「對不起，造成如此困擾，我們深感抱歉。」

「對……對不起啦……」

其他三名男孩也跟我一起向他們道歉。

但是，只有小理歪著頭，一臉莫名其妙。

「為什麼？有什麼事情要這麼害羞？」

他也一臉疑惑地看著和佐。

和佐雙手遮著臉低著頭接著說：

「因……因為別人看到的話會覺得我很奇怪。像我這種不起眼的女生，想跟自然同學這種風雲人物交朋友，實在是太……」

和佐說到這裡，聲音突然變小。

她情緒似乎有些不安，連手都有點發抖。

「嗯～這樣啊。如果是這樣……那我也是覺得很奇怪耶。」

小理靠過去看著和佐的臉突然這麼說。

聽到這句話，和佐有些訝異地抬起頭。

就連我也嚇得暫停呼吸。

小理為什麼要這樣說……!?

「因為……我從好久之前，就一直把和和當成朋友呀！」

小理在超近的距離，注視著和佐的眼睛。

因此而放心的和佐，表情不但在一瞬間變得輕鬆，而且也睜大著閃閃發亮的眼睛。

「咦……是、是、是這樣的嗎……！」

和佐本來還有點困惑，但接著終於開心地笑了。

而小理也回應：「當然呀！」並且笑著點點頭。

「所以我們今後也要當好朋友喔！和和！」

「好……好！」

他們兩個人緊緊握著手。

（「自然同學一直以來的表現很優秀」嗎？）

現場洋溢著緩和的溫暖氣氛，讓我不由自主地笑了開來。

「好啦～我們差不多該回營火區了喔～！」

小歷在這時很有精神地舉起手。

「當作兩位成為好朋友的紀念，我們一起來跳舞吧！」

「咦？可是我沒跳過舞……」

「我也不會跳喔。」

和佐跟小理一起搖著頭，表示不會跳舞。

小歷一邊哇哈哈地大笑，一邊豎起大拇指。

「沒關係沒關係！當作偷聽你們講話的賠罪，我本人會從頭把你們教會。小詞，你也會跳吧？」

「嗯，我略懂一點。」

他們四個人開心地邊聊邊回營火區。

而在他們後面跟著走的人是我跟小計。

（現……現在就是機會了吧？）

我稍微深呼吸，並且看著小計。

這時，小計也發現我的視線正對著他。

一瞬間，突然陷入有些尷尬的沉默。

不過，我還是鼓起勇氣先跟小計說話。

「我……我們在野炊時……我說『我不理你了！』。我想為這句話跟你道歉。還有我一直吵著要你跟大家好好相處……」

我一邊說一邊反省，頭也跟著低了下來。

「剛才聽到和佐說的話後，我也很贊成她的想法。小計就是小計，保持自己的性格就可以了，不需要為了跟人相處而勉強自己。我很清楚小計的優點……可是我還是擅自用自己的想法要你配合……對不起。」

尤其小計在我不知情的時候，為了我反駁松武二人組說的壞話，我卻自顧自地一個人不高興，還對小計生氣。

雖然我擔心小計會交不到朋友。

大概也是因為這樣的想法……所以小計不告訴我吵架的原因，讓我覺得心裡很寂寞。

那時他說：「跟妳沒關係。」

我才會認為「明明我一直在擔心小計，結果小計卻不找我幫忙」……

（小計，還在生氣嗎……？）

我有些擔心地抬頭看著小計。

這時——。

「……我才沒想那麼多。」

小計這句話說得有點彆扭，而且還用手搔著頭。

「我也說了『跟妳沒關係』，我也有不對的地方。」

簡短的一句話。

之後，我們又保持了一陣子的沉默。

（呃……這樣算是已經和好了嗎……？）

我不確定有沒有達到和好的目的，所以又偷瞄了一眼小計。

「……話說回來。」

小計好像想起什麼事一樣，終於開口說話了。

「扶松倉回住宿地點的時候，那傢伙拜託我一件奇怪的事情。」

「拜託你奇怪的事情？」

「是啊，他說無論如何都希望我來當足球教練。」

教練？要小計當？

我驚訝地睜大雙眼。

我記得阿松和阿武是參加足球社沒錯，但小計不擅長運動的程度跟我有得拚。

為什麼他會拜託小計當教練呢？

「松倉說運動會時，看到我指示蜈蚣競走的跑法後，就開始想拜託我當教練了。雖然他知道我不太擅長運動，但是他覺得能從數學的角度分析運動是很有趣的事。」

「哇～！」

就是說嘛！小計在運動會的蜈蚣競走中，的確讓我們班成為跑得最快的班級！

「……偶爾騰出讀書和考試以外的時間，或許也不錯吧？」

小計呵呵地微笑著。

我也對此感到開心，所以跟著不停點頭。

「嗯！這樣一定很有趣喔！不然乾脆連我也一起去踢足球好了～！哈哈哈！」

我得意忘形地開起玩笑。

嘶。

突然，有兩張紙出現在我的眼前。

「妳以為妳還有那種閒工夫嗎……？」

就像轟隆隆的地鳴聲一樣，小計嘴裡發出低沉的說話聲。

「什……什……什麼？」

我害怕地接過那兩張紙——上面竟然有大大的**「一分」**、**「二分」**紅字!?

「昨天在遊覽車上寫的考卷，妳竟然得到這種分數！憑這樣的分數，之後的小考妳又打算考幾分！」

「呃……可……可是人家暈車嘛……」

「不要找藉口！要是小考分數太低，說不定我在當足球教練之前，壽命就會先結束！」

「嗯……」

「回去後就要給妳更嚴格的課後加強！妳給我做好心理準備！」

嗚哇！

一想到回到家後就要面對數學地獄，實在太讓人憂鬱了啦！

……不過。

（我們之間，總算恢復原來的樣子了！）

可以像這樣熱鬧地說著話，讓我打從心底感到高興。
我還趁小計沒發現的時候，偷笑了一下。

18 男孩們的「變化」

「那麼，今天大家就好好回家休息喔～」

「好～」

「老師再見～」

五年級生們陸陸續續從校門口走出來。

最後一天的行程是到旅遊地點觀摩，過了下午三點後，我們就回到百天小學。

先在校園裡做了簡單的集合後，我們就解散了。

我和四名男孩一起走在平時上學的路上。

「啊～戶外教學就這樣結束了……」

我舉起雙手伸伸懶腰。

回顧那幾天的日子，感覺說長也不長，說短也不短。

雖然出了一些狀況，不過可以跟朋友們一起過夜，真的很有趣。

而且我也跟這些男孩們有了新的回憶，這點真的讓我很開心！

還說一回到家，要把買來的一大堆土產拿給奶奶。

我邊笑邊回憶這次旅行發生的許多事情。

「回去後我就會好好擬定妳的唸書計畫。配合小考時間來安排妳的學習方向，還不錯吧？」

聽了小計的話，我整個人忽然僵住了。

「我剛才正在回味這次旅行的點點滴滴耶。小計應該也覺得這次旅行很有趣吧？」

「那是兩碼子事，妳的腦袋快點回過神來。」

小計一口氣就把我說的話堵回去。

唉……他還是老樣子啊。

但既然小計這麼說，就只好別再想旅行的事了……一回去就要馬上開始唸書了啊……

我的肩膀有氣無力地垂下來，這時小歷在一旁哈哈大笑。

「好了啦，別失望了。反正回家後我們第一件要做的事就是吃點心！對吧！小圓。」

「小梅小姐一定幫我們準備好點心了。」

經小歷跟小詞的提醒，我的精神馬上又恢復了。

「就是說嘛！回去後會有什麼點心可以吃呢!?」

「真受不了小圓……一談到點心就能馬上轉換情緒。」

小計斜眼看著高興不已的我，聳著肩嘆氣。

「唉……我知道了。吃完點心後，再來談唸書計畫吧。」

「真的嗎!?太棒啦～！」

小計有時候也很好講話嘛！

「吃點心♪，吃點心♪。」

「如果今天的點心是布丁就更棒了。對吧，圓圓。」

「對啊！」

在我精神百倍地對著小理點頭的同時，

（……奇怪？）

我忽然發現有一點點與平常不同的感覺。

好像有什麼地方不一樣，但就是不知道是哪裡不一樣……

總覺得無法確實找出那個不同的地方。

（這種感覺是哪裡來的啊……？）

我開始沉思……

「啊，這樣啊！」

我終於發現到了。

我知道了，是小龍。

我記得不久前，我看向小理時，都能看到小龍的頭與背。

但是，現在我卻能直視小龍那雙睏睏的眼睛，就連牠肚子的部位也能看得很清楚呢。

「怎麼了，圓圓？」

小理覺得奇怪，歪著頭問我。

他那雙滴溜溜的大眼睛，現在剛好跟我的眼睛高度相同……

我大聲喊：「果然沒錯！」

「我猜啦，小理……會不會長高了？」

我說完後，小理因為驚訝而眨了好幾下眼睛。

「咦？身高？我的嗎？」

被這個說法嚇到的小理，開始用手摸自己的頭頂。

而其他男孩也湊過來，認真地觀察小理。

「欸～有嗎？我覺得沒什麼變化耶。」

「真要說的話，我們會不會長高也是個問題吧？」

「的確如此。若從這個問題為出發點來看，有必要小心驗證是否跟我們的壽命有關。」

大家你一言我一語的，至於我則是再度確認自己有沒有看錯，所以一直盯著小理看。

從記憶中的小理跟現在的小理仔細比對後……

我又再一次地肯定自己沒看錯。

「絕對不會錯！雖然平常住在一起不會注意到，但這次戶外教學有去過別的地方，所以才會注意到不一樣的！」

我這麼篤定地說出自己的意見，小理則是像在思考一樣，用手托著下巴說：「是這樣啊……」

（咦？難道他不太高興嗎……？）

如果是我，知道自己長高的話，會超高興的……

就在我思考著到底是怎麼回事，並且觀察小理的狀況時，

「要是圓圓說得沒錯的話，如果我真的長高了……」

接著小理冷靜地說。

然後他突然抬起頭來，

「——這樣就跟真正的人類一樣呢！」

小理看起來很開心，而且還是發自內心的笑容。

噗嗵。

我的呼吸不由自主地暫停了一下。

小理的笑容閃閃發亮，實在是很耀眼。

但是，在這個同時……

（真正的人類……）

這句話就像是某種碎片一樣，刺痛了我的內心。

（這樣啊……說的也是呢……）

雖然我遇到這些男孩們只有快要滿兩個月而已，但現在卻能理所當然地住在一起……所以一不留神就忘了這件事。

那就是學科男孩們「不是人類」這件事。

所以他們可能無法永遠都陪在我身邊。

在心痛的同時，我的嘴角也跟著向下垂。

旁邊的男孩們則是繼續討論著。

「哎呀～小理要是繼續長高，甚至高過我的話，會讓我很煩惱耶。雖然我目前還是最高的那個就是了。」

「因為小歷吃得多、睡得多，成長激素才可以在晚上睡覺時好好分泌。」

「原來如此。所以『一眠大一吋』這句話是有科學根據的。」

「等一下，我也有每天睡飽啊。假如我們都會長高的話，那只有小歷比我們還高，未免也太奇怪了吧。」

「嗯～也許有個體差異吧？」

男孩們討論得很熱烈。

接著，我稍微從後面看著他們的背影……

（……啊！）

我再度倒抽了一口氣，而且也停下自己的腳步。

……不是只有小理長高。

大家的身高都變高了！

所以才會在我說小理的身高變高後，男孩們反而說他們看不出小理有長高。

這件事只有我發現，雖然只是一點點變化……

（這個變化是個大發現……！）

我握緊著拳頭。

因為可以長高，就代表他們是確實活著的人。

這些男孩們不是精靈、妖怪、幽靈那樣的東西。

現在他們絕對是「以人類的身分活在這個世界上」。
當我這麼確信後，心中湧現一股強烈的情緒。
那就是我要好好珍惜這群男孩們的想法。
那是絕對不要失去他們的想法……
在這同時，越是意識到考試分數會影響他們的壽命，就越能理解自己背負著沉重的責任。
（我真的有辦法保住他們的生命嗎？讓他們都不要消失，一直陪在我身邊……）
我為此努力用功讀書的話，就能平安地從小學畢業。
但未來成為國中生、高中生、大學生後，我考試也必須考到好成績才行。
尤其在這之後——。

我成為大人後，又會變成怎麼樣呢？

許多疑問突然從腦裡跑出來。

現在仔細想想，成為大人後就不會像小學生一樣有機會常常考試來取得分數。
假如真的有考試可以讓我考，那麼考試的次數足夠延長他們的壽命嗎？
如果不夠的話，男孩們之後又會如何——？

「圓圓？妳怎麼了？」
隨著小理的呼喚，我像是驚醒般地回過神來。
我抬起頭來後，發現四個男孩正站在原本的位置上，看著我。
他們一方面覺得奇怪，一方面也用擔心我的表情看著。
「妳幹嘛停在那裡？我們不管妳了喔。」
「小圓累了嗎？要不然我背妳回家吧？」
「再走一段路就到家了。來，我們一起回去吧。」
心中有一股暖洋洋的感覺擴散開來，甚至差點讓我哭了出來。
小理。

小詞。

小歷。

小計。

他們都是我最重要的人。

（我不想讓他們消失……但我又該怎麼做才好……？）

我憋住了因為不安情緒而差點流出來的淚水，然後邁開腳步往他們的方向跑去。

後記

大家好，我是一之瀨三葉！

托大家的福，《倒數計時！學科男孩》系列也在轉眼間進入第三集了！

很感謝所有讀者平日給予的聲援！謝謝各位的支持與鼓勵～！

其實，在準備第三集時，我遇到一個不得了的難關。

那就是在撰寫原稿的過程中，我竟然遇到必須住院的狀況，所以寫作的工作只好暫停了一陣子。

然後在出院後，大約又過了兩個禮拜，沒沒沒沒想到……我們家終於多了新成員！

由於我們是第一次照顧寶寶，在還不熟練的情況下，晚上不但幾乎沒睡飽，整個身體還會腰酸背痛……這不禁讓我每天都對全天下的媽媽抱持著敬意，沒想到媽媽們能這麼厲害，可以每天堅持照顧好自己的孩子呢。

在各種難題和照顧寶寶的夾擊下，我盡可能運用工作時間，才終於完成這次的第三集！

在這幾個月的過程裡雖然辛苦，但也因為如此，讓這一集的完成顯得特別珍貴。

對於總是支持我的家人、責任編輯、編輯部，我心中滿滿的感謝，實在是難以說盡啊。

真希望《倒數計時！學科男孩》這個系列能一直連載，一直持續到我家的孩子可以開始閱讀「翼文庫」的書籍！

好了！在這次第三集的《倒數計時！學科男孩》裡，講到了小圓前往戶外教學所遇到的故事。

我們都知道，戶外教學等活動，會透過旅行前往平日生活環境以外的地方。在這種情況裡，我們還可以看到同學、朋友截然不同的一面呢。

也許我們會發現某人很熟悉植物，又或是有什麼人你本來不知道，但他們其實很害怕昆蟲……等等。

不管是戶外教學（各種自然環境等等），你有沒有曾經參加過哪裡的戶外教學呢？（或是正在計畫前往）

如果你有快樂回憶，或是讓你留下深刻印象的事情，請務必告訴我喔！

順便說一下，我的戶外教學回憶是小學五年級時前往群馬縣的赤城山。（如果沒記錯的話，哈哈）

對了對了。在第二集的後記中，我不是問了「你的座右銘是什麼呢」嗎？後來我收到很多這個問題的回信呢！

其中有人是用自創的話來當作座右銘，也有用帥氣的話、好笑的話當成座右銘。每個人的座右銘各有不同，實在讓我看得開心極了。

我這邊還是會繼續募集讀者來信，所以請隨時寄信過來喔！

★注意事項★

寄出信件時，請務必寫上「自家住址」及「真實姓名」！

雖然有些人比較習慣使用筆名，但沒有確實提供住址和姓名的話，就無法讓讀者收到我們的回信。因此，如果你是「很希望能收到回信」的人，在寄出時，請一定要檢查有沒有寫好住址和姓名。（也請讀者耐心等候我的回信喔！）

還有，如果你是「我不要收到回信，只是要跟你說說讀後感想！給你看看我畫的插畫！」的人，我們也是很歡迎喔！

只要是各位給我的來信或留言，都能讓我維持滿滿的活力。

所以各位對第三集的讀後感想，我現在也是隨時在等待唷～！

好了，我們就在下次的故事再見吧。

下回預告

小詞，沒想到我們居然還會長高耶，
真叫人意外呢！

小理

好！回家後我們四個人就來測量身體數據吧！
說不定能查出跟我們壽命相關的事。

小計

呵呵，小計真是劍及履及呢。
既然如此，我也要幫你測量。

小詞

（他們都是我重視的家人，難道總有一天
我必須跟他們分離嗎……？）

小圓

小圓！妳幹嘛憋著一張苦瓜臉！？
都快要到耶誕節了！

小歷

!!!

小圓　小計　小理　小詞

耶誕節啊～！
不知道我會收到什麼禮物耶……！呵呵呵呵。

小～圓～！

嚇到。

小圓

妳先去複習數學功課——！！！

小計

那名學科男孩將會再度檢視他們的壽命之謎！？
之後甚至會有讓人跌破眼鏡的發展！！！
而與此同時，耶誕節的日子也即將逼近——！？

敬請期待《倒數計時！學科男孩》第四集！

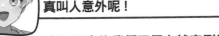

倒數計時！學科男孩③——依然麻煩滿天飛的友情！

作者——一之瀨三葉
繪者——榎能登
譯者——王榆琮
主編——王衣卉
行銷主任——王綾翊
內文校對——曾韻儒、謝馨慧
書籍設計——Anna D.
書籍排版——唯翔工作室

總編輯——梁芳春
董事長——趙政岷
出版者——時報文化出版企業股份有限公司
108019台北市和平西路三段二四〇號
發行專線—（〇二）二三〇六六八四二
讀者服務專線—〇八〇〇二三一七〇五
（〇二）二三〇四七一〇三
讀者服務傳真—（〇二）二三〇四六八五八
郵撥—一九三四四七二四時報文化出版公司
信箱—一〇八九九台北華江郵局第九九信箱

時報悅讀網——http://www.readingtimes.com.tw
電子郵件信箱——yoho@readingtimes.com.tw
法律顧問——理律法律事務所　陳長文律師、李念祖律師
印刷——勁達印刷有限公司
初版一刷——二〇二三年八月二十五日
初版三刷——二〇二四年四月十日
定價——新台幣二八〇元

時報文化出版公司成立於一九七五年，
並於一九九九年股票上櫃公開發行，
於二〇〇八年脫離中時集團非屬旺中，
以「尊重智慧與創意的文化事業」為信念。

倒數計時!學科男孩. 3, 依然麻煩滿天飛的友情！/一之瀨三葉文；榎能登圖. -- 初版. -- 臺北市：時報文化出版企業股份有限公司, 2023.08

232面 ；14.8×21公分

ISBN 978-626-374-225-3（平裝）

861.596　　112012906